A VIAGEM DE ÍRIS

Gill Lewis

A viagem de
ÍRIS

Tradução
Maria Beatriz de Medina

1ª edição

GALERA
— **junior** —
RIO DE JANEIRO
2013

CIP-BRASIL. CATALOGAÇÃO NA FONTE
SINDICATO NACIONAL DOS EDITORES DE LIVROS, RJ

Lewis, Gill

L652v   A viagem de Íris / Gill Lewis; tradução de Maria
Beatriz de Medina. - Rio de Janeiro: Galera Record, 2013.

Tradução de: Sky Hawk
ISBN 978-85-01-09331-8

1. Literatura juvenil. I. Medina, Maria Beatriz. II. Título.

13-2044   CDD: 813
                                         CDU: 821.111(73)-3

Título original
Sky Hawk

Copyright @ 2011 Gill Lewis

Publicado mediante acordo com Miles Stott Children's Literary Agency

Texto revisado segundo o novo Acordo Ortográfico da Língua Portuguesa

Editoração eletrônica: Abreu's System

Todos os direitos reservados. Proibida a reprodução, no todo ou em parte, através de
quaisquer meios. Os direitos morais do autor foram assegurados.

Direitos exclusivos de publicação em língua portuguesa somente para o Brasil
adquiridos pela
EDITORA RECORD LTDA.
Rua Argentina, 171 – Rio de Janeiro, RJ – 20921-380 – Tel.: 2585-2000
que se reserva a propriedade literária desta tradução.

Impresso no Brasil

ISBN 978-85-01-09331-8

EDITORA AFILIADA

Seja um leitor preferencial Record.
Cadastre-se e receba informações sobre nossos lançamentos e nossas promoções.

Atendimento e venda direta ao leitor:
mdireto@record.com.br ou (21) 2585-2002.

Para
Roger
Georgia, Bethany e Jemma

e para
Huw
que ainda caminha comigo pelas montanhas

Prólogo

O padrão dessa paisagem está guardado bem no fundo da memória. Ela desliza nas correntes de ar que se enroscam como corredeiras sobre as montanhas. Lá embaixo, os lagos refletem as nuvens e a luz do sol. Jazem nos vales como cacos de céu caídos e espalhados. O vento frio que sopra do norte traz o aroma que lembra pinheiro e urze. Os vales escavados pelo gelo guiam-na.

Ela está chegando.

Capítulo 1

Eu a vi primeiro, uma menina magra e pálida deitada numa pedra plana abaixo das corredeiras. Estava inclinada para fora da borda, estendendo a mão para uma poça funda de água parada. Espirais de espuma do rio se agarravam à beira das mangas arregaçadas e às pontas flutuantes do cabelo ruivo e comprido. Ela observava alguma coisa nas sombras escuras do rio.

Rob e Euan pararam ao meu lado na abertura entre as árvores, os pneus das bicicletas derrapando na trilha enlameada.

— O que você está olhando, Callum? — perguntou Rob.

— Tem alguém lá — respondi. — Uma garota.

Euan afastou um galho de pinheiro para ver melhor o rio lá embaixo.

— Quem é?

— Não sei — disse. — Mas é maluca. Deve estar gelado lá. — Olhei de um lado a outro do rio para ver se estava com alguém, mas não havia ninguém. Ela estava sozinha.

O rio era rápido e estava cheio com a chuva forte. Descia do lago que havia no vale alto acima de nós. A neve de fins de março ainda se agarrava às ravinas da montanha. O lago e o rio eram frios como gelo.

— Ela está no nosso rio — comentou Rob com cara feia.

A menina enfiou o braço mais fundo. A água cobriu a manga da blusa e subiu até o ombro.

— O que ela está fazendo? — perguntei.

Euan baixou a bicicleta no chão.

— Pescando, é isso.

A menina se jogou à frente num borrão de borrifos. Quando voltou a se sentar, segurava uma enorme truta marrom, que se debatia nas suas mãos. Ela jogou o cabelo por sobre a cabeça, e, pela primeira vez, conseguimos ver claramente o seu rosto.

— Eu a conheço — afirmou Rob.

Virei-me para olhá-lo. O rosto dele estava franzido e irritado.

— Quem é? — perguntei.

Mas Rob já tinha saído da bicicleta e descia marchando a margem do rio, na direção dela.

— Rob — chamei.

A menina ergueu os olhos, nos viu e tentou esconder o peixe nos braços. Euan e eu corremos até a beira d'água atrás de Rob. Um canal estreito de água rápida corria entre nós e a garota.

Rob gritou para ela.

— Iona McNair?

A menina se levantou.

Rob pulou para a rocha plana e agarrou o braço dela.

— Você é uma ladra, Iona McNair, igual à sua mãe.

A menina lutou para segurar o peixe escorregadio.

— Não estou roubando — gritou.

Rob puxou dela o peixe e pulou de volta para a margem do rio.

— Então isto aqui é o quê? — Ele ergueu o peixe. — Este rio é de Callum, e você está roubando.

Então todos me olharam.

— E então, Callum? — perguntou Rob. — Qual a punição por pescar na sua fazenda sem permissão?

Abri a boca, mas não saiu nenhuma palavra.

— Não *preciso* de permissão — cuspiu Iona. — Não usei vara.

— Você é ladra — berrou Rob. — E não queremos você aqui.

Olhei Iona, e ela franziu os olhos para mim.

Rob largou no chão o peixe que se debatia e pegou uma sacola plástica perto do casaco de Iona, na beira do rio.

— O que mais tem aqui?

— Solte, isto é meu — berrou Iona.

Rob virou a sacola e derrubou um par de tênis velhos e um caderno gasto. Catou o caderno do chão e sacudiu a lama.

Iona pulou para a margem do rio e tentou tirá-lo dele.

— Devolva! É segredo. — Ela mordeu o lábio, como se tivesse falado demais.

As mãos tremiam, e os braços e pés estavam azulados de frio.

— Devolva, Rob — pedi.

— É — reforçou Euan. — Vamos, Rob, largue.

— Esperem um instante. — Ele começou a folhear as páginas. — Vejamos o segredo que ela quer esconder.

Iona tentou agarrar o caderno, mas Rob o segurou fora de seu alcance, rindo.

— Qual é o seu segredo, Iona McNair? — provocou ele.

As páginas esvoaçavam na brisa. Avistei desenhos a lápis de animais e pássaros e muitas anotações à mão. Uma página se abriu numa pintura do lago em tons de cinza e roxo profundos.

Iona pulou e arrancou o caderno das mãos dele. Saltou de volta para a pedra plana e segurou o caderno sobre a água.

— Nunca vou te contar — gritou ela —, nunca!

Rob deu um passo na direção dela.

— Vamos. Quero ver. — O rosto de Iona estava feroz e decidido.

— Deixe para lá, Rob — berrei.

Euan tentou puxá-lo, mas Rob se soltou dele.

— Qual é o grande segredo, Iona? — gritou Rob. E se jogou na direção dela.

Iona pulou pelas pedras para a outra margem do rio. Era um salto impossível. Escorregou numa pedra molhada e caiu numa poça profunda do outro lado. O caderno voou das suas mãos e girou no ar antes de cair nas águas revoltas e sumir. Iona conseguiu sair do rio e sumiu pela margem íngreme acima, na densa floresta de pinheiros. O rio se lançou pelo vale entre nós, levando consigo o caderno e o segredo de Iona.

CAPÍTULO 2

Euan se virou para Rob.

— Por que você fez aquilo? Eram três contra um. Ela estava sozinha.

Rob chutou a urze e fitou a outra margem do rio.

— Meu pai faliu por causa da mãe dela. — Ele se virou de cara feia para Euan. — Ela roubou cada centavo do dinheiro dele e fugiu. Ela não ousaria pôr os pés de volta na Escócia.

— Isso foi há vários anos — disse eu. — O que Iona está fazendo de volta agora?

— Roubando para a mãe, provavelmente — respondeu Rob, irritado. — Eles não prestam, os McNair. Meu pai nunca vai perdoar aquela família pelo que ela fez.

Euan cuspiu no chão e fitou Rob.

— O que você vai fazer com o peixe?

Rob pegou a truta. Estava morta. O corpo perdera o lustro brilhante, e os olhos estavam opacos e vidrados.

Ele se virou para mim e a enfiou no bolso fundo do meu casaco.

— O rio é seu, logo o peixe é seu.

— Não quero — respondi.

Mas Rob só me lançou um olhar carrancudo e subiu marchando até as bicicletas.

— Ela esqueceu o casaco e o tênis — disse eu a Euan.

— É melhor deixar aí — respondeu ele, seguindo Rob.

— Ela vai achar quando voltar.

Euan saiu de bicicleta atrás de Rob, e observei-os derrapar e sacolejar pela trilha enlameada.

Puxei meu capuz, prendi o capacete de ciclista e calcei as luvas. Olhei as margens de um lado a outro, tentando avistar a menina. E a vi no alto do vale, uma figurinha a distância, seguindo para o lago. O vento frio soprava entre as árvores. Ia chover, dava para sentir. Fui em frente e segui Rob e Euan pela trilha íngreme ao lado do rio, mas o tempo todo não conseguia parar de pensar que a gente deveria esperar por ela.

Euan e Rob me aguardavam junto à velha pedreira.

Euan segurava o portão aberto da trilha de minério que ia até a aldeia no vale lá embaixo.

— Vem conosco? — perguntou.

Fiz que não.

— Volto para casa daqui, pelo campo. É mais rápido.

Observei os dois desaparecerem pela trilha de minério rumo ao brilho fosco e alaranjado das lâmpadas das ruas a distância. A luz do dia sumia depressa. Logo estaria escuro.

A chuva começou a cair, aguda e fria como agulhas de gelo. Olhei para trás na esperança de ver Iona, mas não consegui enxergá-la em lugar nenhum. Ela estava sem sapato e sem casaco, e as roupas estavam encharcadas. Congelaria se ficasse lá em cima. Todo ano morria gente na montanha, despreparada ao ser pega pelo mau tempo.

Virei a bicicleta e voltei por onde tinha passado para procurá-la. Torrentes de água corriam pelos sulcos profundos. No caminho, peguei o casaco e o tênis de Iona e parei no alto da trilha para recuperar o fôlego. A margem íngreme e arborizada do lago encontrava-se oculta pela chuva. Iona podia estar em qualquer lugar.

Segui o caminho até o outro lado do lago, gritando seu nome. As nuvens estavam baixas e pesadas. Ondas escuras batiam contra as pedras.

— Iona! — gritei, mas minha voz foi levada pelo vento. Talvez tivesse passado por ela. Talvez ela já estivesse a caminho da aldeia. Eu não podia ficar ali a noite toda.

Dei meia-volta na bicicleta para ir para casa, mas o pneu derrapou numa pedra. Olhei para baixo e vi a pegada de um pé nu na lama ao lado. A chuva já fizera poças no calcanhar e na ponta.

Iona tinha passado por ali.

Pulei da bicicleta e segui as pegadas. Um pouco mais abaixo na trilha elas sumiram. Achei que Iona saíra da trilha e entrara no bosque. Musgo e agulhas de pinheiro cobriam o chão.

— Iona — gritei. — Estou com o seu casaco.

Entrei mais na floresta. Estava escuro sob a cobertura das árvores, quase escuro demais para enxergar. Sabia que minha mãe e meu pai ficariam preocupados, sem saber onde eu estava.

— Iona — chamei de novo. Mas não houve resposta.

Virei para retornar à bicicleta e levei um susto. Iona estava em pé bem na minha frente. Usava um suéter grande demais, calça de corrida e um gorro de lã que cobria suas orelhas. Mas ainda estava descalça e tremia de frio.

— Trouxe o seu casaco e o tênis — disse eu. Enfiei-os nas mãos dela. — Vista tudo e vá para casa. Logo vai escurecer. — Olhei em volta, mas não consegui ver de onde ela tirara as roupas secas.

Iona vestiu o casaco, sentou-se numa pedra e enfiou os pés nos tênis. As mãos tremiam, e os dedos estavam azulados. Remexia inutilmente os cadarços.

Ajoelhei-me e os amarrei.

Ela me fitou quando me levantei.

— Não pode me impedir de vir aqui.

— Você escutou Rob — retruquei. — Ninguém quer você aqui. Agora sabemos de você. Vamos encontrá-la.

— Tenho de voltar — disse ela. As palavras escorregaram, mal formaram um sussurro.

Fiz que não.

— Eu não estava roubando — disse ela, batendo os dentes. — Eu *não* usei vara.

Enfiei a mão no bolso do casaco.

— Pegue a truta e vá embora — disse eu. Joguei-a no chão perto dela. Ela rolou na terra e parou junto a seus pés.

Iona me olhou e fez espirais com os dedos nas agulhas de pinheiro do chão. Círculos, rodando, rodando, rodando.

— Se me deixar voltar, eu te conto o segredo — disse.

Fitei-a.

Ela se levantou e me encarou.

— Está aqui, na sua fazenda.

— Conheço tudo nesta fazenda — afirmei.

Iona fez que não.

— Não conhece. Você não sabe nada sobre isso. Ninguém sabe.

— O que te dá tanta certeza? — perguntei.

Ela me olhou.

— Só sei.

Como podia saber algo sobre a minha fazenda que eu não sabia? Talvez o avô dela soubesse alguma coisa. O Sr. McNair era tão velho quanto as montanhas. Ele cultivava a terra ao lado da nossa antes de se mudar para a aldeia. Mas isso foi há anos, antes mesmo de eu nascer.

— Então o que é? — perguntei.

— Se eu te contar — sussurrou ela —, você não pode contar nada a ninguém, nem aos seus amigos, a ninguém.

Ficamos ali parados, nos fitando à meia-luz. O vento corria pelos galhos de pinheiro lá em cima. A água da chuva pingava das árvores e tamborilava no chão da floresta.

— Tudo bem — concordei.

— E me deixa voltar à sua fazenda? — Iona cuspiu na palma da mão e a ergueu.

Descalcei a luva, cuspi na minha mão e apertei a dela.

— Combinado.

Ela afastou dos olhos o cabelo emplastrado.

— Então amanhã de manhã — disse ela. — Venha me encontrar aqui, no lago.

Ela pegou o peixe, desapareceu entre as árvores escuras e se foi.

Capítulo 3

Estava escuro quando pedalei pelos campos rumo à casa da fazenda. A chuva diminuíra, mas eu estava encharcado. Era difícil avançar, os pneus afundavam e escorregavam na lama pegajosa. A luz estava acesa na cozinha e dava para ver minha mãe ao telefone. Empurrei a bicicleta pelo barracão dos cordeiros e abri o portão do quintal com um pontapé.

A porta do barracão dos cordeiros se abriu, e a silhueta do meu pai se delineou na abertura.

— Callum, é você?

— Sou, pai.

— Onde você estava? — perguntou ele. — Já devia ter voltado há horas.

— A corrente da bicicleta soltou — menti. — Sinto muito.

— Vá avisar à sua mãe — disse papai. — Ela já ligou para metade da aldeia tentando descobrir onde você estava.

Mandou Graham ir te procurar. Ele ficou danado. Ia sair para assistir a um show hoje à noite. É melhor eu mandar uma mensagem para ele.

Encostei a bicicleta na parede, tirei as botas com um chute e me enfiei na cozinha. Meus pés deixaram grandes pegadas molhadas no piso de pedra.

— Olhe só o seu estado — disse minha mãe. — Eu estava preocupadíssima. Você devia voltar antes de escurecer. Rob e Euan falaram que vocês foram até o rio. Graham está lá agora, procurando você.

— O pai mandou uma mensagem para ele — avisei.

— Vá vestir uma roupa seca e venha tomar chá — disse mamãe. — Se eu fosse você, evitaria Graham.

Subi a escada até meu quarto e tirei a roupa molhada. Meus dedos estavam dormentes de frio. Vesti um suéter e a jaqueta, as calças forradas e dois pares de meia, mas ainda me sentia gelado. Pensei em Iona. Onde quer que estivesse morando, torci para que já tivesse chegado em casa. E se não tivesse? Sabia que o avô dela morava nos limites da aldeia, mas ele era o Maluco McNair. Eu não iria até lá.

Desci para a cozinha e me sentei à mesa. Meu pai também estava lá, devorando a torta de carne e as batatas fritas.

A porta bateu, e Graham passou direto. Nem olhou para mim.

Minha mãe me entregou um prato de comida. Eu estava morrendo de fome.

Soaram botas pesadas no caminho lá fora, e houve uma batida forte na porta.

— Entre, Flint — gritou minha mãe.

Flint, primo mais velho de Rob, passou pela porta com a roupa de motoqueiro, o capacete na mão. Noite de sexta. Ele e Graham iam assistir a um show na cidade vizinha.

— Graham não demora — comentou minha mãe. — Aceita um pouco de torta, Flint?

Flint sorriu.

— Nunca recuso uma fatia da sua torta, Sra. McGregor. A senhora me conhece.

Ele se sentou à mesa, inclinou-se na minha direção e cochichou:

— Disseram que você está lascado, garoto.

Enfiei o garfo em outra batata frita.

— Se serve de consolo — continuou Flint, para que meus pais ouvissem —, a tia Sal deu um bom puxão de orelhas no Rob quando ele chegou em casa. Estava encharcado, parecia um rato afogado. Foi para a cama sem jantar.

Terminei minha torta. Será que Rob tinha falado de Iona à mãe? Achei que não.

Tentei mudar de assunto.

— Nossa família trabalha esta terra há mais de cem anos, não é? — perguntei.

Meu pai ergueu os olhos.

— Por aí — respondeu. — Por quê?

— Há algum segredo aqui?

— Segredo? — perguntou ele, espantado. — Que tipo de segredo?

Nesse momento, Graham entrou na cozinha. Tomara um banho e vestira a roupa de motoqueiro. Cheirava a xampu e loção pós-barba.

— Só sei de um segredo — disse, olhando diretamente para mim. — É a cova rasa onde jogarei você se me atrasar *de novo*.

— Graham! — enfatizou minha mãe. Mas Graham já saía pela porta.

— Obrigado, Sra. McGregor — disse Flint, seguindo Graham até o quintal.

As motocicletas rugiram ao serem ligadas, e observei os faróis ziguezaguearem pela trilha da fazenda.

— Não sei de nenhum segredo — observou meu pai. — Por quê?

Dei de ombros.

— Nada não — respondi. Mas, lá no fundo, não pude deixar de sentir que havia algo de que nenhum de nós sabia, um segredo escondido em algum lugar nos morros e vales da fazenda.

Amanhã eu descobriria.

Capítulo 4

No dia seguinte, me sentei para comer na cozinha com a jaqueta grossa e acolchoada e a mochila ao lado.

— Aonde você pensa que vai? — perguntou mamãe.

— Sair — respondi.

Ela ergueu as sobrancelhas.

— Acho que não. Não depois de ontem à noite.

— Mas, mãe...

— Agora de manhã vamos à cidade — avisou ela, servindo o chá. — Seu pai tem de buscar ração de ovelha e preciso fazer umas compras.

— Fico em casa — disse eu. — Graham está aqui.

— Ainda na cama — retrucou minha mãe. — Você vem conosco.

Bati a colher no prato.

— Não é justo.

Meu pai me olhou por cima do jornal e suspirou.

— Preciso que alguém cuide daqueles dois cordeiros. A ovelha adotiva não se interessou por eles ontem à noite. Temos de dar mamadeira a eles até acharmos outra.

— Faço isso — afirmei. — Não quero ir à cidade.

Minha mãe arregalou os olhos para meu pai e se virou para mim.

— Ah, você só ia me atrapalhar mesmo. Pode ficar, desde que prometa permanecer perto de casa.

— Prometo — respondi. Mas, debaixo da mesa, cruzei os dedos.

Em pé, junto à pia, preparei o leite em pó dos cordeiros numa caneca de água morna e observei meus pais descerem o caminho de carro. Despejei o leite em duas mamadeiras limpas e as enfiei dentro do casaco, peguei a mochila e segui para o barracão. Os dois cordeiros já baliam querendo leite quando entrei e não demoraram para terminar de beber e começar a sugar os botões do meu casaco. Ouvi ligarem o trator no quintal lá fora. Se Graham me visse, eu teria de ajudá-lo o dia inteiro. Por isso, deixei as mamadeiras num balde junto à porta e escapuli por umas tábuas quebradas nos fundos do barracão.

O ar estava límpido e revigorante. Tinha chovido muito durante a noite, e as poças brilhavam ao sol claro.

Parti pelos fundos do morro até o lago no vale seguinte.

Iona me esperava.

— Então você veio — disse ela.

Estávamos em pé no lugar onde eu segui as pegadas dela até o bosque.

Concordei.

— Então, qual é o segredo?

— Você vai descobrir — disse Iona.

— É melhor que seja bom.

Ela se virou e seguiu para o bosque.

Os pinheiros deram lugar a carvalhos, bétulas e cerejeiras selvagens. Eu achava que conhecia cada centímetro da fazenda. Cresci aqui. Construí esconderijos com Rob e Euan por toda parte. Mas esse caminho pelas árvores parecia diferente.

Iona parou na borda de uma clareira. Um anel de grandes rochedos formava um amplo círculo no espaço ensolarado. Encostei-me num deles e, com os dedos, puxei um pouco de musgo úmido. A pedra pálida por baixo brilhava ao sol de primavera. Dava para imaginar que ali já tinha sido um lugar de encontro dos antigos Reis Guerreiros escoceses.

Iona pôs o dedo sobre os lábios como sinal para que eu ficasse em silêncio.

— Pedras das fadas — sussurrou.

— Pedras das fadas! — exclamei. — Você me trouxe até aqui só para ver pedras das fadas?

Iona riu.

— Psiu! Não acredita em fadas, Callum?

Olhei-a de cara feia.

— Vou para casa.

Iona se encostou no tronco de uma árvore. Parecia que tentava não rir. Bateu na casca com os dedos.

— Consegue subir? — perguntou.

Olhei para o alto da árvore. Era um velho carvalho que fora atingido por um raio havia alguns anos. O tronco rachado parecia uma cicatriz serrilhada contra o céu. Os galhos mais próximos ficavam além do alcance dos braços, e a casca estava úmida e cheia de franjas de musgo.

— Subir nisso aí? — perguntei com rispidez. — É claro que consigo.

Iona chutou os tênis para longe e enfiou os dedos e os pés nas rachaduras minúsculas da casca. Em segundos, içou-se até o emaranhado de galhos lá em cima.

— Ué, você não vem?

Tentei agarrar o tronco da árvore, tentei enfiar os pés nas pequenas elevações da casca, mas meus pés e mãos escorregavam. Olhei para cima, mas Iona sumira mais para o alto da árvore.

— Iona! — chamei.

A ponta de uma corda grossa e cheia de nós caiu aos meus pés. Escalei para o alto da árvore e subi ainda mais até uma plataforma natural de galhos espalhados. Era como uma fortaleza oculta. Não dava para ver do chão. Iona fizera cadeiras de caixotes velhos, e havia latas e caixas e um velho lampião à prova de furacões equilibrado na árvore. Dali, dava para ver as montanhas do outro lado das águas estreitas do lago e o amplo céu azul mais além.

— É fantástico — disse eu —, fantástico.

— Psiu, você precisa ficar em silêncio — alertou ela. Puxou do tronco oco uma sacola de lona, tirou de dentro um cobertor, uma velha pasta de couro e um pacote de biscoito.

— Juro que não contarei nada disto a ninguém — sussurrei.

Ela me jogou um biscoito e sufocou uma risada.

— Este não é o segredo, seu bobo. É melhor que isso, um milhão de vezes melhor.

Enfiei o biscoito na boca.

— Então o que é?

Ela apontou uma aglomeração de pinheiros escoceses na ilha, não muito longe da margem. Os troncos altos e nus eram coroados por um tufo de galhos, densos de agulhas verdes. Na nossa plataforma de caixotes, estávamos no mesmo nível do topo plano das árvores.

— O que é tão especial? — perguntei.

— Abra os olhos, Callum — disse Iona. — Veja!

Ainda não conseguia ver o que ela apontava. Havia uma pilha de gravetos nos galhos mais altos, como madeira empilhada na praia pela maré alta.

Mas algo se mexia lá dentro. Algo punha os gravetos no lugar. Não era apenas um monte aleatório de brotos e galhos. Alguma coisa o construía.

Então, vi.

Vi o segredo oculto no nosso vale. Ninguém mais sabia. Nem minha mãe, nem meu pai, nem Graham, nem Rob, nem Euan.

Só eu e Iona.

— Espantoso, não é? — sussurrou Iona.

Só assenti com a cabeça.

Estava sem palavras.

Capítulo 5

A princípio, só consegui ver a cabeça de um pássaro acima da pilha de gravetos, uma cabeça cor de creme com uma faixa marrom passando pelos olhos. Depois, o resto do pássaro apareceu. Era enorme, com asas marrom-escuras e barriga branca. Havia nele algo de pré-histórico, como um animal de um mundo perdido, grande demais para a paisagem.

— Águia-pescadora — sussurrei. Mal conseguia acreditar. — Temos águias-pescadoras aqui, na nossa fazenda.

— Você não vai contar a ninguém? — perguntou Iona.

— É claro que não — respondi.

Já tinha visto fotos de águias-pescadoras e a árvore onde duas delas faziam ninho numa reserva natural próxima quando ajudei meu pai a construir cercas e esconderijos para observar pássaros. A árvore do ninho da reserva tinha arame farpado e câmeras de vigilância para evitar que alguém roubasse os ovos.

— Elas são raras, são mesmo — disse eu. — São protegidas.

— Sabia que podia confiar em você — afirmou Iona. Ela esvaziou o pacote de biscoitos. Só restava um. Ela o quebrou ao meio e me deu a metade maior. — Eu o vi construir aquele ninho desde o princípio — contou Iona.

— Por que acha que é "ele"? — perguntei.

Ela tirou da pasta de couro um livro de pássaros e me mostrou a figura.

— As fêmeas têm mais manchas marrons no peito — explicou ela. — E ele não para de voar em círculos bem alto no céu e de chamar. Está procurando uma companheira. Fiquei observando a semana inteira.

— Então você mora aqui em cima? — questionei.

Iona riu e fez que não.

— Não, mas gostaria. Por enquanto, estou morando com meu avô.

— E sua mãe? Ela também está aqui?

Iona franziu a testa.

— Minha mãe está trabalhando. — Ela catou agulhas de pinheiro do suéter e as jogou no ar com um peteleco. — Ela é dançarina, sabe — disse Iona. — Minha mãe é dançarina. — Ela puxou de sob a blusa um pequeno medalhão de ouro pendurado numa corrente e o abriu. — É ela.

Num dos lados havia uma foto de Iona e, no outro, a foto de uma moça. Tinha cabelo ruivo flamejante e olhos escuros como os de Iona.

— Ela está em todos os grandes espetáculos de Londres — disse Iona. — Está ocupada demais para vir aqui. É muito famosa, a minha mãe.

— Nunca ouvi falar dela — comentei.

Iona franziu a testa e enfiou o medalhão de volta na blusa.

— Nem tinha como!

Olhei de novo o macho de águia-pescadora. Estava pousado no ninho, fitando o céu. Seu grito agudo chamava: "Quii... quii... quii..."

— Ele já terminou o ninho? — perguntei.

— Acho que não — respondeu Iona. — Está ficando cada vez maior. As águias-pescadoras vão para a África no inverno.

— Disso eu sei — retruquei. — Você não é a única a saber dessas coisas.

O macho de águia-pescadora andou em volta do ninho e chamou mais uma vez. Depois abriu as asas imensas e se ergueu no ar. Ele se inclinou e se afastou acima das árvores atrás de nós, mostrando o lado inferior das asas, listrado de marrom, e o peito branco.

— Provavelmente foi pescar — disse Iona. — Pode demorar séculos para voltar.

— Tenho de ir embora. — Lembrei-me dos cordeiros órfãos. Logo precisariam de outra mamadeira.

— Também tenho de voltar — disse Iona.

Ajudei-a a enfiar a sacola no oco da árvore e pulei para o chão ao lado dela. Descemos andando a trilha junto ao rio. Agora o ar estava quente, e nuvenzinhas de vapor subiam da terra úmida.

— Como estava o peixe? — perguntei.

Iona me deu um sorriso malicioso.

— Uma delícia.

— Como você faz aquilo? — perguntei. — Como consegue pegar com as mãos?

Iona sorriu.

— Venha comigo, vou te mostrar.

Fui com ela até a beira do rio, onde ondinhas de água corrente giravam numa poça parada.

— O que está vendo? — prosseguiu ela.

Abaixei-me no capim macio e olhei a água do rio. As nuvens e a luz do sol se refletiam.

— Nada — respondi.

— Você não está fazendo direito — disse Iona. — Olhe mais para dentro.

Fitei a água. Desenhos de nuvens flutuavam por ela. Tentei olhar as sombras escuras embaixo, além da superfície brilhante. As pedras se fundiam no leito amarronzado do rio. Tudo se mexia e mudava. Juncos, lama, folhas remexidas no lodo. E dois peixes. Duas trutas, de frente para a corrente, o corpo manchado de verde completamente imóvel, a não ser pelo ondular da cauda.

— Está vendo? — sussurrou Iona.

Fiz que sim.

— Agora coloca a mão devagar na água atrás deles.

Deslizei a minha mão para dentro do rio. Mais perto, mais perto, até os dedos ficarem a centímetros da cauda deles.

— Passe os dedos por baixo e tente pegar atrás das guelras — disse Iona.

Avancei a mão e, por um instante, senti o corpo escorregadio de um peixe contra a pele antes que os dois disparassem para a água funda e sumissem.

Iona riu.

— No começo, eu levava séculos — disse ela. — Vovô me ensinou num verão quando eu era pequena.

Observei o fundo da água, na esperança de ver os peixes voltarem.

— As pessoas são como os rios — disse Iona. — É o que penso.

Sentei corrigindo a postura e torci a água da manga.

— O que quer dizer?

Iona balançou o corpo sobre os calcanhares e olhou diretamente para mim.

— É preciso aprender a olhar debaixo da superfície para ver o que está mais no fundo.

Enfiei as mãos no bolso. Estavam geladas por causa da água fria.

— Agora tenho de ir.

— Então, posso voltar? — perguntou Iona. — À sua fazenda?

Fiz que sim.

— Fizemos um acordo, não fizemos?

Iona se levantou e sorriu.

— Amanhã à tarde virá a fêmea — disse ela. — O tempo bom está chegando. Ela estará aqui, tenho certeza.

Ri.

— Ah, claro. Você simplesmente sabe, não é?

Iona me deu as costas.

— Venha me encontrar no morro amanhã se não acredita. Vou esperar por ela.

Ergui os olhos para o morro coberto de urze acima de nós. Dava para ver a silhueta do cairn no alto, a antiga pilha de pedras que marcava o ponto culminante da fazenda. Seria perfeito. Queria ver uma águia-pescadora voltar à Escócia. Queria ver com meus próprios olhos. Seria extraordinário ter águias-pescadoras fazendo ninho ali, na nossa fazenda.

— Tudo bem, Iona — concordei. — Estou nessa.

Capítulo 6

— Você fez um bom trabalho com aqueles cordeiros ontem — disse meu pai. — Quem sabe ainda conseguimos transformar você em fazendeiro.

Eu estava sentado no banco de trás do carro, atrás dos meus pais, a caminho da igreja.

— Tenho de ir à igreja? –– perguntei. — Graham não vai.

— Ele tem 18 anos — respondeu mamãe. — Ele é que decide.

— Rob não vai, nem Euan.

Minha mãe se virou para me olhar.

— Pelo amor de Deus, Callum, não vai parar de reclamar? É só uma hora. Não mata ninguém.

Dava para ver o canto do olho do meu pai se franzir no espelho. Ele ria de mim. Deixei o corpo escorregar e enfiei os joelhos nas costas do banco dele.

— Tem planos para hoje? — perguntou ele para mim.

— Jogar futebol — respondi —, com Rob e Euan e outros colegas da escola. — Era verdade; tínhamos combinado de nos encontrar domingo à tarde para bater uma bola no campinho. Mas não parava de pensar em Iona e em ver a águia-pescadora retornar. Queria voltar ao lago. Teria de dizer a Rob e Euan que ia ajudar meu pai na fazenda.

— Veja se volta a tempo para o chá — disse minha mãe.

Iona já estava no cairn quando cheguei ao alto do morro. Joguei-me na urze para recuperar o fôlego. O céu estava sem nuvens. O lago, plano como espelho, refletia o céu muito azul. Focalizei o binóculo no ninho sobre o pinheiro. A águia-pescadora punha mais gravetos no lugar.

— Ei — chamei. — Quer dar uma olhada?

Iona pôs o binóculo na frente dos olhos, e lhe mostrei como focalizar.

— Genial — disse ela. — Ele fica tão perto! E olha só o bico. É terrível. Olha como é afiado.

Deixei Iona usar o binóculo e olhei para o sul. Rastros de aeroplano cruzavam o céu, e um bando de gansos voava bem longe numa formação em V, mas, fora isso, o horizonte estava vazio. Recostei-me de novo na urze macia, longe do cutucão frio do vento. O sol estava quente no meu rosto, e senti as pálpebras se fecharem.

Acordei me sentindo arrepiado de frio. Iona ainda estava sentada no cairn, olhando para o céu. As sombras tinham coberto o vale lá embaixo, e olhei o relógio.

— Já estamos aqui há duas horas — disse a Iona. — Não vem nenhuma águia-pescadora.

Ela me deu um olhar duro.

— Ela já já vai estar aqui.

Descasquei a ponta de um broto de urze e observei os pedacinhos se espalharem na brisa. Com um peteleco, joguei nela a varinha nua.

— Eu sabia que devia ter ido jogar bola.

Iona me deu as costas.

— Você não precisava vir.

— Estou perdendo um bom jogo — disse eu.

— Ela vai vir de lá — falou Iona, e apontou o outro lado das águas claras do lago, as colinas cobertas de urze e a mancha de montanhas roxas mais além.

— Como você *sabe*? — perguntei.

Ela se levantou e abriu bem os braços como asas estendidas.

— Só sei. Dá para sentir. A gente precisa imaginar que é ave para sentir.

— Não vou bater os braços e sair correndo pelos morros, se é o que você pensa.

Iona deu de ombros. O vento levantou as pontas embaraçadas do seu cabelo.

— Bata os braços por aí o quanto quiser — disse eu. — Fui.

Sacudi os pedacinhos de urze do suéter e comecei a descer o morro chutando montinhos de capim seco. Virei-me para olhar Iona e ela estava lá em pé, braços abertos, olhos fechados. O vento ondulava pelo casaco e pelo jeans. Parecia voar contra o céu azul e límpido.

— Acha mesmo que ela vem? — perguntei.

— Sei que vem. Você devia mesmo tentar, Callum.

Olhei-a de cara feia.

— Ninguém vai conseguir vê-lo aqui em cima — disse ela, erguendo mais os braços.

— Ah, então tá — respondi. Abri os braços e virei o rosto para o vento. Queria acreditar em Iona. Queria ver a águia-pescadora voltar.

— Você precisa fechar os olhos — gritou Iona. — Virar ave. Sinta o vento, Callum. Deixe que ele te carregue.

Fechei os olhos e tentei esquecer que estava em pé numa encosta como um espantalho idiota. Só conseguia ouvir o suave sibilar do vento passando pela urze seca. Ele fluiu sobre mim, puxando as mangas do suéter. Inclinei-me contra ele, deixando-o passar pela ponta dos dedos. Abri-os bem, como penas. Tentei imaginar que era um pássaro, sem peso, levado para o alto, mais alto no claro céu azul. Para o alto, acima das montanhas. Para o alto, no vento veloz. Para o alto, mais para o alto, até os raios ramificados do sol.

— Estou vendo — gritou Iona.

Abri os olhos e os franzi contra a luz do sol. Havia uma silhueta de ave a distância, da forma que crianças pequenas desenham gaivotas. Mas não era gaivota. Era maior, muito maior.

O pássaro se aproximou e parou no ar, mostrando o branco do peito, as asas listradas e as penas da cauda. Olhei pelo binóculo.

— Águia-pescadora, sem dúvida nenhuma — disse eu.

— É claro que é — afirmou Iona. — Venha, vamos olhar mais de perto.

Descemos o morro correndo, rumo ao bosque à margem do lago.

Iona já disparava entre as árvores à minha frente. Quando parei junto do carvalho, ela estava sentada nos caixotes, os olhos brilhantes.

— Olhe, ele viu a fêmea — disse.

Olhei o ninho. O macho estava empoleirado no alto, as asas semiabertas, mostrando o branco embaixo. De repente, ergueu-se no céu levando um peixe. Voou para cima, cada vez mais alto. Dava para ouvir o seu grito agudo: "Quii... quii... quii." Então, ele embicou e mergulhou, despencando lá de cima, o peixe preso nas garras. Era uma mancha contra as árvores da encosta, cada vez mais veloz na direção da água, até sair do mergulho e voar de novo para o alto do céu. A fêmea sobrevoava em círculos, observando.

— Ele está dançando no céu — disse Iona sorrindo. — Quer impressionar a fêmea.

O macho fez de novo o truque espetacular de mergulhar lá do alto, mas desta vez saiu do mergulho e voou para o ninho com o peixe.

Observamos a fêmea descer em círculos, cada vez mais baixo, até pousar numa árvore perto dele. Ela se agarrou a um galho que balançava, inspecionando o ninho. Prendi a respiração.

Mas, de repente, ela bateu as asas e saiu voando por sobre as árvores entre nós e se foi.

— Ela não gostou — disse eu.

Focalizei o binóculo no macho. Quase ri. O pássaro parecia totalmente desapontado, se é que isso era possível. As penas da cabeça estavam todas arrepiadas, e ele olhava o peixe como se a culpa fosse toda dele.

— Lá vem ela de novo — sussurrou Iona.

A fêmea mergulhou numa curva baixa e ampla e pousou bem no ninho. Deu uns passos na borda e pôs alguns gravetos no lugar, como se não estivessem a seu gosto. Depois puxou o peixe do macho e começou a arrancar bocados de carne.

Iona se inclinou na minha direção e me cutucou.

— Olhe, ela gosta dele.

Concordei e, por alguma razão, senti meu rosto corar e arder.

Capítulo 7

Polvilhei açúcar mascavo no mingau de aveia e observei até que derretesse em poças douradas e pegajosas.

— Isso vai acabar com os seus dentes — disse meu pai, então polvilhou sal no mingau dele, pôs um pedacinho de manteiga e mexeu. Parecia cansado, de mau humor. Achei que passara a noite acordado cuidando das ovelhas prestes a parir. — Você demorou a voltar do futebol ontem — disse ele, enquanto folheava uma revista agrícola a seu lado. — Graham e eu teríamos gostado da sua ajuda.

Quis lhes dizer que estava no alto do morro observando a volta de uma águia-pescadora. Morria de vontade de contar a eles que tínhamos águias-pescadoras fazendo ninho bem ali, na nossa fazenda. Mas era segredo, meu e de Iona. Tínhamos jurado não contar a ninguém.

Graham se serviu de uma xícara de chá e riu.

— Ele não foi jogar futebol ontem. Estava no alto do morro batendo os braços como um passarinho. Eu o vi lá em cima com uma menina. — Ele se virou para mim. — Sua namorada, é?

Eu lhe dei um soco no braço, e o chá derramou na mesa.

— Ai! Cresçam, vocês dois, por favor! — disse minha mãe. — Graham, você já tem idade suficiente para não agir assim. — Ela enxugou o chá da mesa e voltou a se sentar na cadeira de balanço, esquentando os pés na frente do fogão. — Que menina é essa?

Graham ergueu as sobrancelhas.

— Pareceu que era a neta do velho Maluco McNair.

— Disseram que ela voltou — comentou minha mãe.

— A filha de Fiona McNair? — perguntou meu pai, e se virou para ela. — Você estudou com Fiona, não foi?

Mamãe fez que sim.

— É, faz tempo. Desde então muita água já rolou.

— Rob odeia os McNair — disse eu. — Ele diz que a mãe de Iona roubou o pai dele e levou a empresa à falência. É verdade?

Mamãe começou a limpar a mesa.

— É verdade que muito dinheiro sumiu no dia em que Fiona foi embora — suspirou ela. — Mas, verdade seja dita, o pai de Rob nunca foi bom empresário.

— Ele queria construir um parque de aventuras — explicou meu pai —, com trilhas de bicicleta pela floresta e corda bamba nas árvores. Já estava perdendo dinheiro antes que Fiona fosse trabalhar lá.

— Ela é dançarina, não é? — perguntei. — Foi o que Iona disse. Que ela está em grandes espetáculos em Londres.

Meus pais se entreolharam, e meu pai voltou a ler a revista.

— Bem, não tenho notícias dela há algum tempo — disse minha mãe. — Mas me contaram que ela dançava um pouco.

Graham soltou um riso fungado.

Meu pai o olhou de cara feia.

— Você não precisava alimentar as ovelhas?

Graham estendeu a mão para o casaco e me deu um tapa nas costas.

— Já para a escola — riu. — Não vá se atrasar.

Não era justo. Graham tinha 18 anos. Havia terminado o ensino médio e voltara para a fazenda, onde sempre quisera ficar. Meus pais chegaram até a deixá-lo morar no alto da trilha, na cabana que fora do meu vô antes de morrer. Graham disse que precisava ter o seu espaço. Por mim, minha mãe também não devia preparar a comida dele nem lavar sua roupa.

— Como ela é? — perguntou minha mãe.

— Quem, Iona? — perguntei, dando de ombros. — Como é que vou saber?

Entrei a toda na escola na hora em que o sino tocou. Era manhã de segunda-feira e eu estava atrasado. Enfiei a bicicleta no suporte ao lado da de Rob e corri para a sala de aula. O resto da classe já estava lá sentado. A professora me olhou zangada e deu uma batidinha no relógio quando me sentei junto a Rob e Euan.

— O que aconteceu com você na sexta-feira? — cochichou Euan. — Você só chegou em casa horas depois que nos separamos. Minha mãe me obrigou a contar onde fomos.

Parecia ter acontecido séculos atrás, embora fosse só há três dias.

— Estava cuidando das ovelhas — menti.

— Você não vai adivinhar quem está na nossa sala — disse Rob. Seu rosto estava fechado como trovoada. Apontou, com a cabeça, as mesas na frente da sala. — É ela.

Naquele momento, Iona se virou. Foi como se tivesse sentido que a olhávamos. Parecia estranhamente deslocada na sala de aula, com o uniforme cinzento e o casaco de lã azul. O cabelo estava preso num rabo de cavalo, mas emaranhados grossos se espetavam atrás. Sorriu para mim, mas olhei para o outro lado.

— Maluca — disse Rob.

A professora apresentou Iona, mas quase todos os alunos a conheciam. Pelo menos conheciam o avô dela, e bastou isso para algumas meninas rirem.

Na hora do almoço, vi Iona sozinha. Estava sentada no muro mais distante do pátio, fitando os campos. Juntei-me a um grupo de colegas que trocavam figurinhas.

— Ela esqueceu o almoço — disse Ruth. — Mas não quer contar à professora.

— Olhe só o estado dela — comentou Sarah. — Não entendo por que *ela* pode usar tênis se ninguém mais pode.

Ruth espalhou as figurinhas sobre a mesa.

— Dizem que a mãe dela está internada num asilo de loucos.

Sarah pegou uma figurinha e trocou-a por uma das suas.

— Minha mãe disse para eu não falar com ela.

— Por quê? — perguntei.

— Porque ela é maluca — disse Rob. — Você mesmo viu.

Guardei um sanduíche para Iona, mas só tive oportunidade de entregá-lo na aula da tarde. A professora mandou Iona escolher alguém com quem fazer o projeto sobre reciclagem na biblioteca, e ela me escolheu.

— Obrigada — disse ela, então engoliu o sanduíche e limpou as migalhas do queixo.

Sentamos num canto da biblioteca e espalhamos os livros à nossa frente.

Não havia mais ninguém lá. O sol entrava pelas grandes janelas laterais.

— Olhe este livro — disse Iona.

Ela se sentou ao meu lado, abriu um livro grande sobre animais selvagens escoceses e começou a folhear as páginas.

— Na sua fazenda há uma toca de marta, você sabia?

Inclinei-me para olhar a foto da criatura sentada num galho de árvore. O corpo castanho e comprido parecia meio de gato, meio de doninha. Certa vez eu avistara uma marta, só o focinho espiando por cima de um velho tronco caído. Ela se virara e sumira no mato, exibindo um rápido vislumbre do rabo peludo. Virei a página. Parecia que Iona conhecia minha fazenda melhor que eu.

— Já vi águias-reais — comentei.

— É mesmo? — perguntou Iona. — Essas eu nunca vi.

— Foi no ano passado. Do outro lado do morro — completei. — Podemos procurá-las.

Iona sorriu.

— Eu adoraria.

Inclinei-me por sobre Iona para apontar a foto de um cervo-nobre.

— E temos esses...

— Callum!

Pulei. Não ouvira a porta da biblioteca se abrir. Rob estava atrás de nós, me fitando. Pulei de pé.

— Hora de ir embora — disse Rob, que olhou Iona de cara feia. Ela voltou a folhear o livro.

Ignorei-a e comecei a guardar os livros nas estantes.

— Vamos — disse Rob —, já está na hora. Deixe que ela faz o resto.

Segui Rob pela porta até o pátio. Tiramos as bicicletas do suporte e as levamos até além das mães e dos pais que esperavam na porta da escola. O Maluco McNair estava em pé do outro lado da rua, uma figura curvada de casaco marrom comprido. Quando passamos pedalando, notei os pijamas listrados batendo nas pernas nuas.

— Você não me pega — disse Rob.

Pedalei feito louco atrás de Rob morro acima, saindo da aldeia. Quando chegamos lá no alto, olhei a rua lá atrás. A aldeia estava ali espalhada como um mapa abaixo de nós, o verde vivo do campo de futebol pontilhado com algumas ovelhas, a prefeitura, a loja, as casinhas de pedra.

O pátio da escola tinha se esvaziado, e carros seguiam pelas ruas estreitas. Uma figura curvada arrastava os pés devagar pela rua que ia para o sul, para fora da aldeia. Uma figura menor que ia atrás se virou para olhar para cima e acenou.

— Vamos — disse Rob. — O que está esperando?

Não acenei de volta.

Em vez disso, virei a bicicleta para descer a ladeira íngreme da Shepherd's Lane, as rodas seguindo as marcas dos pneus de Rob o tempo todo.

Capítulo 8

Na manhã seguinte, Rob esperava por mim no fim da trilha da fazenda com um baita sorriso gordo no rosto.

— E aí, o que acha? — perguntou.

Olhei a nova *mountain bike* que brilhava em preto e prata.

— Caramba — disse eu —, esqueci que hoje era o seu aniversário.

— Nem acreditei quando meu pai me deu esta aqui — comentou Rob. — É top de linha. Freios a disco na frente e atrás, câmbio Shimano, suspensão na frente, tudo a que tenho direito. E olha isto. — Ele apontou um painelzinho oval preso no quadro. — É um computador para bicicletas. Minha tia me deu. Dá a velocidade, a altitude, a distância percorrida... faz tudo.

Parti na minha bicicleta.

— Aposto que não deixa você mais rápido — gritei.

Pedalei a toda. Adorava manhãs como essa, o sol forte nas poças dos buracos da estrada. No plano, ficamos quase empatados, mas Rob se afastou de mim na Shepherd's Lane, subindo pela trilha acidentada. Meus pneus não se agarravam nas pedras soltas, e tive de descer e empurrar a bicicleta pelo resto da trilha.

Rob limpava a lama das rodas de liga leve e conversava com Euan quando cheguei ao bicicletário. Iona passeava por ali, mas fingi não ver.

— Vão lá em casa hoje à noite? — perguntou Rob. — Minha mãe vai fazer pizza.

— Ganhei um DVD novo legal, levo lá — disse Euan.

Rob olhou para cima e suspirou.

— Deixe eu ver se adivinho… "Cem lugares para pescar antes de morrer".

— Na verdade, é "Pescaria radical" — disse Euan. — Tem tubarões e barracudas.

— Guarde para outro dia — falou Rob. — Não vou me aguentar de empolgação.

Pus a sacola no ombro e atravessei a quadra molhada com Rob e Euan até o muro do outro lado. Rob pegou o dever de casa e copiou algumas respostas de Euan, rabiscando-as nas folhas. Iona estava encostada no muro não muito longe de nós, me observando. O sinal tocou, e as crianças começaram a ir para as salas de aula.

— Vamos — disse Euan —, está na hora da aula.

Rob enfiou o dever de casa na mochila, e corremos pela rampa até a sala. Eu estava na porta quando Iona me chamou.

— O que ela quer? — perguntou Rob, franzindo a testa.

Dei de ombros.

— Já alcanço vocês.

Virei-me para Iona.

— Vai ao lago depois da aula? — perguntou ela.

— Não posso — respondi. — É aniversário de Rob.

— Não importa. — Ela sorriu e me entregou um envelope grande. — Fiz isto para você ontem à noite.

Dava para ver Rob nos observando da janela.

— Obrigado, Iona — murmurei. Enfiei-o na mochila.

— Não vai olhar? — perguntou ela.

— Mais tarde — respondi. — Vamos, estamos atrasados.

Fui até os fundos da sala e pendurei a mochila na mesa, com Rob e Euan. A professora ainda não tinha chegado, então peguei meu dever de casa na mochila e andei entre as carteiras para deixá-lo na mesa dela.

Quando voltei à carteira, Euan e Rob estavam inclinados sobre a minha mochila. Tinham tirado e aberto o envelope e olhavam uma pintura sobre papel.

— Que romântico — disse Euan, sorrindo.

Olhei o papel. Iona pintara duas águias-pescadoras. Uma estava pousada no ninho e a outra voava, com as asas abertas, trazendo um peixe. Assinara: "Para Callum, de Iona. Bj, bj, bj."

— Ela está sempre de olho em você — disse Rob. — Acho que está apaixonada!

— Claro que não — murmurei.

— Olhe só quantos beijos — disse Rob.

Ah, se ele calasse a boca! Iona nos olhava.

— Na semana passada, o avô dela foi até a loja de camisolão — disse Euan. — Camisolão e chinelo, era tudo o que ele vestia.

Por cima do meu ombro, Rob olhou para onde Iona estava sentada.

— Doidos de pedra, os dois — disse. — Deviam ser internados num hospício. — Ele levantou a pintura à vista de todos. Agora o resto da sala prestava atenção. Algumas garotas riam. A voz de Rob era alta, clara e muito nítida. — Doidos de pedra. O que acha, Callum?

Dava para ver Iona me observando por debaixo da franja ruiva. Dava para sentir os olhos dela me queimando.

A turma toda olhava.

Fitei os sapatos, onde a lama endurecera numa casca dura e marrom.

— É, doidos de pedra — disse eu.

CAPÍTULO 9

Empurrei a roda da frente da bicicleta até a borda. A terra se esfarelou debaixo do pneu, fazendo pedrinhas saltitarem pela ravina íngreme. No inverno, ali houvera uma torrente de água descendo do morro, mas agora era um precipício vertical de lama e pedra.

— Queda da Morte — disse Rob, sorrindo. — Beco do Sumiço. — Ele apertou os botões do painelzinho do computador da bicicleta. — Vai registrar tudo — falou —, gradiente, velocidade, cadência... tudo.

Agarrei o guidom, o sangue pulsando nos ouvidos.

— Pronto? — O rosto de Rob se iluminou com um sorriso maníaco.

Fiz que sim.

Rob ajeitou a câmera presa ao capacete.

— Vou atrás de você na minha bicicleta. Não me derrube. Peguei esta câmera do meu pai. Ele nem sabe que está comigo.

Fitei o abismo lá embaixo. Se tudo desse certo, eu chegaria à parte plana e dispararia margem acima do outro lado.

— Ok — disse Rob. — Cinco...

Por que estou fazendo isto?

— Quatro...

Vou morrer.

— Três...

Não posso.

— Dois...

NÃO POSSO!

— Um...

Fazer isto.

— Vai...

O chão sumiu.

Eu estava voando... caindo. Caindo, caindo, caindo. Incline para trás, incline para trás, berrava minha cabeça. Bati no chão, cascalho e pedra voando da roda traseira onde ela se enfiou e se prendeu nos sulcos profundos da ravina, raios de metal se torcendo quando a roda da frente bateu num montinho de capim e me jogou para a frente, voando. Mais e mais e mais, girando num emaranhado de pernas, braços e bicicleta, despencando por um borrão de lama e pedras e urze, mais e mais e mais, por toda a cachoeira da ravina até a trilha sulcada lá embaixo. Aterrissei de cabeça para baixo num monte de urze e vi Rob voar pela margem, fazer uma meia-volta perfeita no ar e sumir do outro lado.

Houve silêncio, seguido por um barulho forte de água.

— Olhe que idiotice você está fazendo — berrou a voz de Euan.

— Você estava no caminho — berrou Rob de volta.

Fiquei lá, escutando os dois discutirem. Mexi os braços e as pernas. Achei que não tinha nenhum osso quebrado, e também não parecia que Rob e Euan viriam para checar. Subi a margem capengando e vi Rob e Euan brigando na água rasa do rio.

Euan deu um chute na bicicleta de Rob.

— Você podia ter quebrado minha vara, seu idiota.

Rob pegou a bicicleta e a arrastou até a margem, rindo.

— Boa, Callum! Peguei tudo com a câmera.

— E assustou todos os peixes — berrou Euan. — Não vou pescar nada com vocês aqui à toa.

— Tem certeza de que está usando a isca certa? — berrou Rob, puxando um chocolate da mochila.

Euan se virou e o olhou de cara feia.

— Você não sabe de nada — disse ele.

Empurrei minha bicicleta até Rob.

— Quanto tempo vai demorar para ele dizer que é o campeão da pesca com mosca? — comentei, rindo.

— Isso eu escutei! — berrou Euan. — Não ganhei a taça júnior de pesca com mosca à toa, sabia?

— Pegue aí! — gritou Rob, e jogou um chocolate para Euan. — Pode ser a única coisa que você vai pegar hoje.

— Tudo bem — murmurou Euan. — Espere e verá, Rob — completou. — A pesca com mosca é habilidade pura, nada dessas coisas tecnológicas de computador. Espere e verá.

Sentei no capim macio e esfreguei as pernas machucadas. Rob me passou um chocolate, e observamos o vídeo passar na câmera. Eu achei que tinha controlado parte da queda de morte, mas só consegui me ver rolando e rolando.

Rob riu.

— É a mente sobre a matéria. Você e a bicicleta, você *é* a bicicleta.

Olhei a bicicleta, os arranhões profundos na pintura e os raios tortos das rodas.

— É, dá para entender — gemi.

O sol estava muito quente, mais parecia verão do que primavera. O resto das férias curtas de primavera se estendia à nossa frente. Deitei-me de costas, fechei os olhos e deixei o chocolate se derreter devagar na minha boca.

Já fazia mais de um mês que me sentara com Iona na encosta coberta de urze e vira a águia-pescadora voltar. Desde então, não a encontrara muitas vezes. Acho que ela estava me evitando. Queria pedir desculpas pelas coisas horríveis que dissera sobre ela e o avô, mas nunca surgiu uma boa oportunidade. Fui várias vezes ao lago observar as águias. Vi até o macho pegar um peixe com as garras diretamente do lago, mas não era a mesma coisa sem dividir com Iona.

— PEGUEI UM! — gritou Euan.

Rob e eu saímos correndo pela margem abaixo.

Euan estava com água até as coxas, a vara arqueada na direção da corrente.

— Lá vem ele — disse.

A ponta da vara se curvou e dobrou contra a força combativa do peixe. Uma barriga prateada relampejou quando o peixe pulou na superfície da água, torcendo-se no ar antes de mergulhar outra vez.

— Peguei você, peguei você! — Euan puxou o peixe até a margem pedregosa. — Truta arco-íris — disse Euan com um sorriso. — E de bom tamanho.

Observamos o peixe arfar e se debater no chão aos nossos pés. As escamas lisas faiscavam com um milhão de cores à luz forte do sol. As guelras escarlates se abriam em desespero no ar. Quis pegá-lo e deixá-lo escorregar de novo para a água fria do rio. Quis vê-lo ir embora sob a superfície brilhante. Mas Euan bateu na cabeça dele com um pedaço de pau.

— CALLUM!

Estávamos tão absortos olhando o peixe que não vimos Iona na margem lá em cima. O rosto dela estava corado de tanto correr.

— Callum, você precisa vir! — gritou ela.

Rob e Euan me olhavam.

Quis chamar Iona para se juntar a nós. Quis que eles gostassem dela.

— Achei que tinha se livrado dela — disse Rob.

— Não dá para esperar? — gritei para Iona.

Ela escorregou pela margem e me afastou dos outros. Agora dava para ver que havia chorado, tinha lágrimas riscando o rosto.

— É a águia — cochichou ela. A voz estava grave, meio sufocada. — Acho que morreu.

Capítulo 10

— Vamos, Callum — disse Iona, me puxando pela manga.

Rob e Euan me fitavam.

Virei-me para Iona.

— Onde ela está? — perguntei.

— No lago.

— Ei, Callum — gritou Rob. — Vamos descer a trilha lá de cima.

— Precisamos ir depressa — disse Iona.

Agora Rob andava na nossa direção.

— Sabe, Iona... — disse eu — não posso...

— Ótimo! — explodiu Iona. — Não importa. Fique aí com os seus amigos.

Ela pegou minha bicicleta, passou a perna por cima e partiu trilha abaixo.

— Iona! — gritei. Mas ela já disparava rumo à estrada, por cima da ponte de pedra. Olhei a bicicleta de Rob aos meus pés. Era o seu orgulho e alegria, a Fórmula Um de todas as *mountain bikes*. Levantei-a e pus as mãos no guidom.

— Ei, Callum! — berrou Rob. — Deixe minha bicicleta aí!

Olhei-o por sobre o ombro.

— Minha bicicleta, não! — berrou ele. — Minha bicicleta, não!

Parti, passando suavemente as marchas. O quadro absorvia as pedras e os sulcos, e os pneus se agarravam à lama grossa. Voei pela trilha atrás de Iona.

— Mato você, Callum! Juro que te mato! — Mas a voz de Rob logo foi coberta pelo barulho do rio sob a ponte.

Alcancei Iona no pé da trilha de minério. Pedalamos pelas velhas pedreiras que ladeavam o leito do rio. Minhas pernas doíam, e os pulmões ardiam.

— Vamos — disse Iona.

Levei a bicicleta de Rob até o alto da trilha.

— Lá — gritou Iona, quando chegamos à beira do lago.

Olhei a ilha do outro lado da água escura.

Fiquei de boca seca.

Fiquei enjoado.

Pendurada num dos galhos da árvore do ninho estava a águia-pescadora, girando devagar como se presa por uma linha invisível. Girava em pleno ar, de cabeça para baixo, como uma horrenda bailarina. Os pés para o céu, as asas apontando para o chão.

— Linha de pesca — disse Iona. — Acho que se emaranhou em linha de pesca.

Não havia movimento na águia. O corpo pendia mole e frouxo. Bati palmas uma vez, duas vezes. O som ecoou pelo lago.

A águia deu um solavanco para cima. As asas bateram inutilmente, e ela balançou como um pêndulo abaixo do ninho, para a frente e para trás, para a frente e para trás.

Seu grito de alarme soou: "Quii... quii... quii..."

— Ela vai morrer — disse Iona. — Assim ela vai morrer.

Olhei a árvore.

— Não podemos subir lá. É alto demais — avisei. — Deve ter mais de 30 metros.

— Você tem cordas na fazenda — afirmou Iona.

Eu a olhei. O rosto dela estava decidido.

— A gente *precisa* do equipamento certo para subir em árvores — afirmei. — Correias, cordas de rapel, coisas assim.

Iona pôs as mãos na cintura.

— Não podemos deixar que ela morra.

— Sei disso — respondi. Franzi os olhos para o sol. A águia estava imóvel outra vez. — Precisamos de ajuda.

— E contar a alguém nosso segredo? — disse Iona. Estava furiosa. — Nunca.

— Não temos opção.

— Callum, você jurou — disse ela. — Se não quer subir, eu subo.

Bati o pé no chão.

— E se conseguirmos baixá-la? Com certeza está ferida. E aí? Você sabe o que fazer, então?

Iona cobriu os olhos com as mãos.

— Não podemos deixar que ela morra — falou, soluçando.

— Vamos — disse eu. Peguei a bicicleta de Rob e comecei a descer a trilha. — Não podemos fazer isso sozinhos.

Capítulo 11

Meu pai pendurou o telefone na parede da cozinha.

— Era Hamish, da reserva natural — disse. — Ele vem ajudar.

— Ele não pode contar a ninguém sobre as águias — suplicou Iona.

— Não se preocupe — disse meu pai. — Ele é responsável pelas águias-pescadoras da reserva. Vai guardar segredo.

— É melhor mesmo — comentou Iona, andando de um lado para o outro.

Meu pai sorriu e assoviou baixinho entredentes.

— Quem diria, hein? Temos águias-pescadoras aqui, na nossa fazenda.

Uma hora depois, estávamos na traseira do Land Rover, sacolejando pelo campo de cima.

— Segurem-se bem aí atrás! — gritou meu pai, enquanto o Land Rover pulava entre as touceiras de capim.

Hamish não parecia muito mais velho que meus primos. Achei que tinha 23, talvez 24 anos. Chegou com um grande sorriso e um monte de coisas: correias e cordas para escalar a árvore, balança para pesar a águia e um kit para pôr um anel na perna dela. Enfiou tudo à nossa volta e se sentou num saco de cordas, segurando com cuidado, no colo, uma maletinha preta.

Gostei dele na mesma hora e pude perceber que ele também gostou de nós. Enquanto o Land Rover sacudia sobre o terreno acidentado, Iona falou a Hamish da toca de martas que achara numa árvore oca, das tarambolas-douradas que tinham feito ninho na charneca e do rebanho de cervos-nobres que pastavam nas encostas altas, acima da fazenda. E Hamish escutou, quero dizer, escutou mesmo.

— Você vai tomar meu emprego — riu Hamish.

O Land Rover resvalou e escorregou na trilha lamacenta junto ao rio, e Hamish segurou com mais força a maleta preta.

— O que tem aí? — perguntou Iona.

— Isto? — foi a resposta de Hamish, que deu um tapinha na lateral da maleta. — Vocês vão precisar esperar para ver. Só torço para que possamos usar.

Meu pai parou no final do lago, onde nosso bote a remo estava no cascalho da margem.

— Onde ela está? — perguntou Hamish.

— Lá — respondi. Apontei a ilha do outro lado do lago. A águia pendia sob o ninho, como um cadáver. Girava lentamente, mais, mais e mais.

Iona cobriu o rosto com as mãos.

— Está morta, não está?

Hamish a observou com o binóculo.

— Não dá para saber — murmurou. — Mas ela tem companhia.

Um par de corvos desceu do céu e se aproximou dela pelo lado. De repente ela se mexeu, bateu as asas e os atacou com o bico, mas dava para ver que já estava muito mais fraca.

— Vamos — incitou Iona. — Não temos muito tempo.

Meu pai e Hamish remaram. Fiquei sentado na proa do bote, e Iona segurou a maletinha preta de Hamish. Levou um tempo enorme para chegarmos à ilha, e os corvos não paravam de mergulhar e atacar a águia.

— Veja! — disse Iona. — A outra águia.

O macho apareceu no ninho. Deu para ouvir seus gritos agudos e penetrantes de alarme. Ele perseguiu os corvos, girando e se contorcendo no ar, mas eles voaram para a proteção de um galho cheio de agulhas de pinheiro, de onde crocitaram, zombando dele.

O barco esmagou o cascalho da margem pedregosa da ilha. Tiramos o equipamento do barco, e meu pai ajudou Hamish a vestir a cadeirinha de escalada. Foi dando corda enquanto Hamish subia cada vez mais alto na árvore. O macho voou para o outro lado do lago, de onde nos observou no alto de uma árvore. Hamish foi avançando por um dos galhos abaixo do ninho. O galho se curvou e abaixou quando ele se aproximou da ponta, na direção da fêmea. Eu mal conseguia olhar.

— Ele a pegou — disse meu pai.

Hamish montou no galho, puxando a águia para cima. Logo estava escondido atrás de um par enorme de asas que batiam. Ouvimos Hamish dar um grito antes de dobrar as asas e enfiar a águia num saco de lona pendurado na cintura. Ele inspecionou rapidamente o ninho e depois desceu pela corda, como um boneco numa linha, até o chão ao nosso lado.

— Ela é um tanto mal-humorada — disse Hamish, e limpou o sangue de um corte fresco no lado do queixo. — Mas acho que é um bom sinal.

Todos nos agachamos no chão a seu lado. Hamish desamarrou as tiras do saco que prendia a águia. Ela lutou lá dentro, e deu para escutar as garras arranhando a lona grossa.

— Estão prontos? — perguntou Hamish. Estava com uma cara seriíssima. — Quero dizer, estão *mesmo* prontos?

Iona e eu nos inclinamos à frente. Não conseguíamos tirar os olhos do saco que prendia a águia.

Hamish colocou luvas compridas de couro e depois, devagar e com cuidado, abriu a lona.

Capítulo 12

Eu não estava preparado para vê-la bem na minha frente. Foi como se os lagos, as montanhas e o céu estivessem guardados bem no fundo dela, como se fosse um pedacinho daquela paisagem imensa e nada daquilo pudesse existir sem ela.

— Ponha as luvas, Callum — disse Hamish. — Preciso de ajuda.

Puxei as luvas grossas de couro por cima da manga e segurei as asas dobradas da águia. Achei que ela seria muito pesada, mas era leve, muito mais leve do que eu esperava, como se fosse feita de ar. Minhas mãos tremiam. Não queria machucá-la e não queria estar na ponta afiada das suas garras.

— Ela tem três ovos lá em cima — disse Hamish. — Dê uma olhada enquanto ajeito isto aqui.

Iona me mostrou a foto no celular de Hamish. Havia três ovos cor de creme com manchas marrom-chocolate num leito de capim macio.

— Ela já está há algum tempo fora do ninho — disse Hamish. — É melhor trabalharmos depressa, senão os filhotes lá dentro podem morrer.

Hamish prendeu a águia em outra lona para pesá-la.

— O peso está bom — disse Hamish, fazendo que sim com a cabeça. — Vamos dar uma olhada nela.

Com suavidade, ele abriu cada uma das asas. As penas não eram apenas marrons; variavam em todas as cores, dos escuros campos arados ao trigo claro e dourado. Quando Hamish as estendeu, a envergadura era do meu tamanho.

— Olhem só essas garras — disse papai. — Elas podem fazer um baita estrago.

— Ela é uma máquina perfeita de matar peixes — explicou Hamish. — Olhe aqui, a pata tem saliências e escamas pontudas para segurar os peixes escorregadios.

Precisei tocar as garras. Tirei as luvas e senti a curva lisa e perfeita de cada garra e da ponta fina como agulha.

— Cuidado — disse Hamish. — Se ela o pegar, não vai largar.

— Ela é linda, não é? — comentou Iona.

Concordei. Mas foram os olhos da águia que me fascinaram. Eram amarelos como girassóis, brilhantes e intensos. Quando me fixou com os olhos, foi como se olhasse através de mim, como se eu não pudesse esconder nada dela.

— Acho que a pegamos bem na hora — disse Hamish. — Ela precisa agradecer a Iona. Aquela linha de pesca cortou a pata dela.

Ajudei a cortar os fios longos de linha de pescar. A águia se contraiu quando Hamish puxou-os suavemente da pata. A linha tinha cortado a pele até o fundo da carne e dava para ver uma brancura brilhante lá dentro.

— Ela teve sorte — disse Hamish. — Aquilo ali é o tendão. Se a linha tivesse cortado o tendão, ela não conseguiria mais fechar os dedos. Nunca mais poderia pescar.

— Vamos precisar ficar alguns dias com ela até sarar? — perguntou meu pai.

Hamish fez que não.

— Vou borrifar antisséptico. Vai sarar sozinho — disse ele. — Esses pássaros não sobrevivem bem no cativeiro, e, além disso, o companheiro dela a alimentará enquanto ela choca os ovos.

— Então podemos soltá-la agora? — perguntou Iona.

— Daqui a pouco — disse Hamish. — Pode abrir a maletinha preta, Iona?

Ela abriu as presilhas de plástico e levantou a tampa. Lá dentro havia uma caixinha preta retangular, um arame fino e comprido e um arnês pequeno que parecia feito para um ursinho de brinquedo.

— É um transmissor via satélite — disse Hamish. — O mais moderno em tecnologia. Vamos prendê-lo nas costas dela, como uma minimochila. Vai nos revelar sua posição. Vamos saber em que ponto do mundo ela está. Podemos saber em que altitude está voando, com que velocidade. Podemos seguir a viagem dela de ida e volta à África.

— Fantástico — comentei.

— Não é meio pesado? — perguntou Iona, franzindo a testa.

— Não, olhe. Pegue.

Hamish o entregou a Iona. Ela o segurou na palma da mão e fechou os dedos em volta.

— Mas como vamos descobrir onde ela está? — perguntei.

— Vou dar um código especial a ela — disse ele. — Você o digita no computador e acompanha a viagem dela pelo Google Earth. Talvez dê até para ver em que árvore ela vai pousar.

— Então podemos mesmo ver a águia voar? — perguntou Iona.

— Não — explicou Hamish. — O Google Earth tem fotos de satélite tiradas da Terra há algum tempo, mas dá para *ver* o tipo de lugar que ela sobrevoa.

A águia golpeou com o bico as luvas de couro enquanto Hamish prendia as correias do transmissor.

— Ninguém pode saber do ninho — disse Hamish. — Ninguém mesmo. Notícias como essa têm o péssimo hábito de cair em ouvidos errados. Existe gente que pagaria uma fortuna para pôr as mãos num ovo de águia-pescadora.

— Guardamos o segredo até agora, não foi? — disse Iona, com ferocidade súbita.

Hamish sorriu.

— É verdade — ponderou ele, e passou-lhe uma latinha. — E ela não estaria aqui agora se não fosse você. Portanto, pode escolher o anel colorido para a perna dela, Iona.

Ela remexeu a lata, passando os anéis coloridos.

— Isso, pode demorar, Iona! — disse eu. — Os ovos já terão chocado quando você escolher.

Ela me fez uma careta.

— Precisa ser o certo. — Ela pegou vários anéis, examinando cada um deles como se fossem pedras preciosas. — Pronto. — Ela pegou um anel branco com as letras RS.

— Por que RS? — perguntei.

— RS... Lembra Íris — disse Iona. — Vamos chamá-la de Íris, a deusa grega do vento e do céu.

— O quê?

— Não se lembra? Estudamos na escola. Íris era uma mensageira do céu.

— Não é um nome muito escocês — retruquei. — Ela é uma ave escocesa.

Iona me fez uma careta.

— E por que é tão escocesa assim, se passa metade do ano em outro país?

Hamish prendeu o anel na perna dela e riu.

— Vocês parecem dois velhos casados, brigando o tempo todo.

— Iona ganhou — riu meu pai. — É Íris mesmo.

Olhei-o de cara feia.

— Então, Iona — disse Hamish —, quer ter a honra de soltar Íris?

Iona me olhou.

— Acho que Callum devia fazer isso.

— Acha mesmo? — perguntei. Não conseguia acreditar.

Iona sorriu e concordou.

— Nós dois a salvamos.

— Então tudo bem — disse Hamish. — Aqui, Callum. Você não vai precisar das luvas. Segure-a assim.

Passei as mãos em torno das asas dobradas da águia-pescadora. As penas de cima eram lisas e fofas, mas dava para sentir os cálamos das penas de voo como um arame forte debaixo dos meus dedos.

— Segure-a com firmeza, atenção — disse Hamish. — Vire-se para o vento e apenas jogue ela para cima, o mais alto que puder.

Virei Íris para o vento. Todo o corpo dela tensionou sob as minhas mãos. Os músculos estavam duros e contraídos.

O vento agitou as penas macias da cabeça. Ela fixou os olhos no céu lá em cima.

— Agora — disse Hamish.

Joguei-a para o alto. Ela explodiu das minhas mãos num borrão de asas e penas. Senti a corrente de ar contra o rosto quando ela bateu as asas.

Para o alto ela voou, para a luz do sol.

Uma única pena caiu em espiral até o chão.

Ela estava livre.

CAPÍTULO 13

Na manhã seguinte, devolvi a bicicleta de Rob.

— Limpei sua bicicleta — avisei.

Rob estava na aldeia com Euan e outros garotos da escola. Jogavam bola no terreno acidentado e pedregoso abaixo do parquinho.

Ele deu uma olhada na bicicleta.

— Não é uma bicicleta qualquer, esta aí. Meu pai quase me matou quando cheguei em casa sem ela ontem à noite.

— Sei disso — respondi. — Sinto muito.

— O que *ela* queria, afinal? — perguntou Rob.

— Quem, Iona? — Dei de ombros. — Nada.

— Ficamos séculos esperando, e você não voltou — disse Rob. — Aonde foi? O que estavam fazendo?

— Não foi nada — disse eu, irritado. — Esqueça isso, ok.?

— Ei, Callum — gritou Euan —, precisamos de goleiro, você vai jogar?

Euan me chutou a bola, mas a deixei passar e cair na vala.

— Quem sabe você prefere voltar para a sua namorada? — disse Rob.

Segurei-o pelo casaco.

— Cale a boca, Rob — gritei.

Estávamos cara a cara, a centímetros de distância.

— Ela é maluca — disse Rob. — Você mesmo concordou.

Algo estalou dentro de mim.

Dei-lhe um soco bem no meio da cara.

Rob conseguiu se levantar e se jogou contra mim. Caímos sobre a bicicleta, socando e chutando. Senti o barulho do computador da bicicleta se quebrando debaixo das minhas costas. Então Euan estava lá, puxando Rob para longe antes que os outros meninos se juntassem à nossa volta.

— Vá embora, Callum — disse Euan. Segurava Rob pelo braço. — Vá embora.

Rob e eu nos fitamos. Não dava para saber se havia mágoa ou ódio nos seus olhos, mas não me importei. Virei-me, subi a rua para sair da aldeia e não olhei para trás.

Quando cheguei ao lago, o Land Rover do meu pai estava estacionado na outra margem, perto da casa na árvore. Iona estava sentada no capô, com uma caneca fumegante.

Havia um bigode grosso de chocolate quente sobre seu lábio superior.

— O que aconteceu com seu rosto? — perguntou ela.

Passei a manga na boca. Ficou um rastro de sangue, lama e saliva.

— Nada — respondi.

Ela me passou um lenço de papel, e tentei me limpar o melhor que pude. Vinham marteladas e estrondos dos galhos lá em cima.

— Seu pai achou que nossa árvore precisava de melhorias — disse Iona.

— Contou a ele? — perguntei.

Iona fez que sim.

— Ele sabe das águias-pescadoras — disse ela —, por isso não faz diferença.

Eu só consegui ver os pés do meu pai entre as folhas. A princípio, achei que as marteladas assustariam as águias, mas quando olhei para a ilha, vi apenas a cabeça de Íris saindo do ninho, nos observando.

— As águias acham que seu pai é um passarão esquisito — riu Iona. — Já viu o que ele está fazendo lá em cima?

Subi pela escada do meu pai até o alto da árvore. Havia tábuas de todos os tamanhos e formatos equilibradas nos galhos. Graham e Hamish também estavam lá em cima. Tinham construído uma plataforma larga e agora erguiam as paredes de uma casinha.

— O que acha, Callum? — perguntou meu pai.

— Muito bom — disse eu, olhando em volta. E era mesmo. Meu pai, Hamish e Graham tinham construído a casa em torno do tronco principal. Já dava para ver que ficaria enorme. — Eu poderia morar aqui.

— Essa é a ideia, Cal — explicou Graham. — É o jeito do pai e da mãe se livrarem de você.

Sorri para ele, que acabara de pôr as dobradiças do alçapão na base da casa na árvore.

— Obrigado, Graham — disse eu. E falava sério.

Paramos de trabalhar para o almoço. Meu pai nos levou de volta no Land Rover até a casa da fazenda, todos espremidos no banco da frente. Uma chuvinha fina enevoava o para-brisa e escondia os morros. Iona estendeu os pés descalços sobre o painel e esquentou os dedinhos no ar quente da ventilação.

— Entrem — disse minha mãe —, vocês estão encharcados, todos vocês.

Ficamos amontoados na cozinha, as roupas úmidas soltando vapor no ar quente.

— Vai ficar para o almoço, não vai, Hamish? — perguntou ela. — E você, Iona? Almoça conosco também?

Iona fez que sim.

— Aceito, obrigada, Sra. McGregor.

— Quer que eu ligue para o seu avô? — perguntou minha mãe.

— Eu ligo — disse Iona, e pegou o telefone na parede.

Minha mãe se virou para mim.

— Que corte feio no lábio, Callum — comentou ela.

Pus o dedo no machucado, no lugar onde Rob me socara. Estava inchado e dolorido.

— Caí da bicicleta — expliquei. Olhei-a e vi que ela sabia que era mentira.

— Então vá se limpar — disse ela. — E lave as mãos.

Quando fui para o banheiro, dei com Iona na escada, com o telefone nas mãos.

— Você não ligou, não é? — perguntei.

— Não diga à sua mãe, tá?

— Ele não vai ficar preocupado com você? — perguntei.

Ela fez que não e franziu a testa.

— Ele esquece tudo, o vovô. E a essa hora deve estar dormindo.

No almoço, minha mãe serviu carneiro assado com batata, cenoura e ervilha, com molho consistente e marrom. Eu achava que tinha bom apetite, mas Iona repetiu tudo duas vezes. Conseguiu comer até um prato enorme do melhor pudim de melado com creme da minha mãe.

Hamish despencou no sofá velho junto ao fogão. Fechou os olhos e cruzou as mãos sobre a barriga.

— Estava tão bom... — gemeu. — Acho que não consigo me mexer durante uma semana.

— Bem, não adianta nada sair agora — disse meu pai. — A chuva veio para ficar.

Olhei para o outro lado do quintal. Até o celeiro estava oculto por uma cortina grossa de chuva. Lufadas de vento esmagavam as gotas de chuva contra a janela. Nem mesmo a ideia de ver as águias-pescadoras seria suficiente para eu ter vontade de sair.

Iona e eu pusemos os pratos na lava-louças enquanto minha mãe limpava a mesa.

— Eu gostaria de morar numa fazenda — comentou Iona. — Meu avô teve uma fazenda, não foi?

— É verdade — disse minha mãe. — Seu avô e o de Callum se conheciam bem.

Os olhos de Iona se arregalaram.

— É mesmo?

Minha mãe concordou.

— Eram amigos e rivais. Ambos criavam ovelhas escocesas de cabeça preta e as levavam a todas as grandes exposições.

— Não sabia disso — retruquei.

Minha mãe pendurou os panos de prato úmidos para secar.

— Tenho uma caixa de fotos antigas do vovô lá no sótão — disse ela. — Vou ver se encontro.

Eu e Iona ficamos sentados à mesa da cozinha, de costas para o aquecedor, e esperamos ela vasculhar o sótão.

— Aqui estão — disse ela, e pôs uma velha caixa de papelão sobre a mesa. Cheirava a mofo, camundongo e naftalina. — Ninguém mexe nisto há anos.

Minha mãe tirou os grandes envelopes pardos e olhou lá dentro.

— Aí está — disse ela, com um grande sorriso. — São os dois, lado a lado.

Era uma foto em preto e branco de uma exposição agrícola datada de 1962. Havia uma fila de fazendeiros segurando ovelhas à espera do julgamento.

— Não parecem jovens? — perguntou minha mãe. — Este aqui é seu avô.

Iona observou a foto.

— Ele parece bem feliz, não é?

Minha mãe sorriu.

— Pode ficar com ela, se quiser.

Iona e eu olhamos mais fotos. Havia muitas da fazenda e de pessoas com roupas estranhas e fora de moda. Nem minha mãe conhecia todo mundo que estava lá.

Olhei Iona. Ela segurava uma foto na mão. Dava para ver que era bem antiga, amarronzada e desbotada. Não conseguia ver direito, mas os olhos de Iona brilhavam.

— Você não vai acreditar nisso, Callum — disse ela, erguendo a foto. — Não vai mesmo.

Capítulo 14

— Espantoso — comentou meu pai. — Nunca soube disso.

— Incrível! — exclamou Hamish.

Espiei a foto desbotada na mão de Iona por cima do ombro dela. Era a foto de um lago, o nosso lago, datava de 1905. Lá estava a ilha rochosa e um grupo de árvores, não só pinheiros mas também arbustos e arvorezinhas curvadas pelo vento. E lá, inconfundível, no pinheiro mais alto, havia um enorme emaranhado de gravetos. Era obviamente um ninho de águias, muito maior que aquele que Íris e seu companheiro tinham construído.

— Não dá para acreditar que já tivemos águias-pescadoras nesta fazenda — disse meu pai —, mais de cem anos atrás.

— Devem ter sido praticamente as últimas — comentou Hamish. — Não houve ninhos registrados em toda a Escócia entre 1910 e o início da década de 1950.

Minha mãe balançou a cabeça.

— Não consigo entender por que atiram nelas e roubam seus ovos.

— Para coleções particulares e por dinheiro — disse Hamish. — Há quem faça isso hoje, se tiver a mínima oportunidade. Há também quem as envenene, porque acham que pegam peixe demais.

— Isso é doença — afirmou meu pai.

— Precisamos guardar nosso segredo — disse Iona. — Todos nós.

— Você tem toda a razão — concordou Hamish. — Deixar que as pessoas vejam as águias-pescadoras em reservas protegidas é importante. Mas a única maneira de aumentar o número delas é em ninhos como esse, ninhos secretos que fiquem escondidos.

— Bem, acho que vovô gostaria muito de você, Iona — disse Graham com um sorriso. — Faremos de você membro honorário da fazenda.

Parecia que Graham tinha lhe dado uma fatia do sol pelo jeito como Iona sorriu.

— Por falar em avós — disse minha mãe —, acho que seu avô já deve estar preocupado com você.

— Eu te dou uma carona — ofereceu Hamish —, tenho de ir embora.

Minha mãe deu a Iona meias grossas e um casaco de lã de ovelha que não cabiam mais em mim. Embrulhou também meio bolo de frutas. Quando Iona disse que não precisava, minha mãe explicou que era demais para o meu pai, que já estava muito gordo. Ele piscou para Iona e deu uns tapinhas na barriga, e Iona riu.

Naquele dia, não parou de chover. Depois que ela foi embora, subi para o meu quarto e procurei debaixo da cama um antigo álbum de fotos que tinham me dado alguns anos antes. Só pusera nele algumas figurinhas de monstros que eu colecionava na época. Arranquei as figurinhas e escrevi com letras grandes: "As águias-pescadoras da nossa fazenda".

Talvez eu conseguisse fazer um registro delas para as pessoas dali a cem anos. Então escrevi com letras menores: "O diário de Íris".

Entrei no computador e digitei o código de Íris que Hamish nos dera. Foi espantoso. No Google Earth, apareceu a posição dela, marcada exatamente na ilha do lago. 17:00 GMT. Hamish disse que GMT queria dizer Greenwich Mean Time, ou hora de Greenwich. Olhei pela janela e tremi. Sabia que Íris estava chocando seus ovos. Lá não havia abrigo para ela.

Queria escrever no álbum a posição dela, as coordenadas, mas algo me impediu. Simplesmente não dava. Era como se escrever aquilo revelasse nosso segredo. Assim, colei umas fotos que Hamish me dera e só escrevi: "17:00 GMT. Ninho: Local secreto. Escócia".

Deitei na cama e fiquei ouvindo a chuva. Fechei os olhos e tentei me imaginar lá no alto daquele ninho. Tentei imaginar as gotas de chuva deslizando pelas penas lubrificadas, e o balanço do ninho no vento que descia das montanhas castigadas pela chuva.

8 DE MAIO

17:00 GMT

NINHO

LOCAL SECRETO, ESCÓCIA

Íris abriu as asas sobre o ninho. A chuva escorria pelas penas de voo compridas e passava pelo emaranhado de gravetos até os galhos manchados de água. Os ovos estavam aquecidos e secos debaixo dela, abrigados no seu leito de musgo e penas macias.

As fibras da árvore rangiam e gemiam com os golpes da ventania. Íris conseguia sentir à sua volta a mudança dos padrões do ar e a pressão da tempestade, profunda e oca. Os ossos e o peito doíam. Ela prendeu as garras no nó de gravetos e se apertou mais fundo contra os ovos.

Um dos pés ainda doía. Ela se encolheu ao lembrar dos humanos a segurá-la. Tinham-na tocado e aberto suas asas. O menino a olhara no fundo dos olhos, e ela o fitara de volta, mapeando os estranhos contornos de seu rosto.

Agora Íris estava sentada ereta no ninho, com o vento uivante e a chuva doída. O vale estava de novo sem humanos. O fôlego acre da máquina deles fora há muito soprado para longe, para o outro lado do morro.

Mas o menino ficou na sua lembrança, o menino que a segurara e aliviara a sua dor. Ele lhe devolvera o céu. Em algum lugar dentro dela, Íris guardou a paisagem do rosto dele nas montanhas, nos céus e nos rios da sua alma.

Capítulo 15

Fiquei contente quando começaram as férias de verão. Assim eu poderia passar a maior parte do tempo no lago com Iona. Rob e eu mal nos falávamos. Ofereci vinte libras a ele para pagar o computador da bicicleta que se quebrara na briga, mas ele não aceitou. Disse que gostaria de não ter desperdiçado seu tempo brigando com um perdedor como eu. Eu também não lhe dava a mínima. Mas me senti mal por causa de Euan. Ele me perguntou se podia pescar no nosso lago, como fazia todo verão, mas neguei com uma desculpa esfarrapada. Não queria correr o risco de que alguém visse as águias.

Assim, Iona e eu íamos à casa da árvore quase todo dia. Meu pai e Graham terminaram a casa com a ajuda de Hamish. Pregaram tábuas para construir as paredes e fizeram o telhado com um pedaço de metal pouco usado de um antigo chiqueiro. Havia grandes fendas por onde o vento passava e que tapamos com sacos amarrados com fitilho de enfardar. Meu pai pôs dois tamboretes perto da janela larga de madeira que dava para o lago e as montanhas. Construiu uma estante e colocou lá um grande baú de madeira, que usávamos como mesa e onde guardávamos os livros de pássaros e as pinturas e os cadernos de Iona. Graham camuflou o teto inclinado com galhos secos e hera velha, de modo que era quase impossível vê-lo de fora. Ficou perfeito.

Icei-me pelo alçapão e entrei na casa da árvore.

— Você se lembrou das tachinhas? — perguntou Iona.

— Lembrei — respondi. — Melhor ainda, trouxe comida. Minha mãe fez uns sanduíches para nós. Para que você quer tachinhas?

Iona mostrou a casa da árvore com um movimento da mão.

— A gente precisa decorar aqui — explicou. — Fazer com que seja nossa.

— Com o quê? — perguntei.

— Vou pendurar alguns esboços que fiz das águias. Olhe — disse ela, me entregando um monte de desenhos. — Este foi de quando o filhote era pequeno.

Olhei um desenho datado de 19 de junho. Havia um filhote arrepiado com a cabeça fora do ninho. Na época, ele estava apenas com algumas semanas. Eu me lembrei direitinho daquele dia. Foi a primeira vez que realmente o vimos. Mas também ficamos tristes, porque soubemos então que os dois outros ovos não tinham chocado.

— Nem dá para acreditar como cresceu desde então — afirmei eu. Preguei o desenho nas paredes de madeira da casa da árvore, perto de outro feito mais tarde, do filhote sendo alimentado por Íris.

— E este é o que eu fiz hoje — mostrou Iona. Ela levantou uma pintura nova, datada de 2 de agosto. Mostrava o filhote abrindo as asas. Agora estava quase do tamanho dos pais, e não havia mais muito espaço no ninho quando ele batia as asas. As penas ainda eram manchadas de creme e marrom, e os olhos de um tom de âmbar escuro, não amarelos. — Olhe — disse Iona, apontando para fora da janela. — Ele está tentando outra vez.

Ficamos sentados, olhando o outro lado do lago. O ninho brilhava na luz do fim da manhã. Enfiei a mão na bolsa atrás do binóculo.

— Você disse que trouxe sanduíches, não foi? — perguntou Iona. — Estou morrendo de fome.

Joguei um pacote de sanduíches na direção dela, apoiei os cotovelos no parapeito da janela e focalizei o ninho com o binóculo.

O filhote estava em pé na beira do ninho, batendo as asas imensas, testando o vento. Ergueu-se de leve do ninho, esvoaçando um pouco acima dele. Deu para ouvir o chamado de um dos pais em outra árvore, encorajando-o.

— Vamos — sussurrou Iona.

Ele caiu no ninho de novo, e ficou bem na bordinha. Então, como se tivesse se decidido, abriu as asas e se jogou no ar, despencando diretamente na direção do lago.

Prendi a respiração.

O filhote bateu as asas com força. Começou a subir do lago e voou num grande arco até acima das árvores. Deu voltas e voltas, acima da floresta, batendo, batendo, batendo as grandes asas, tentando se manter no ar. Observávamos quando tentou pousar no galho fino de uma árvore perto do ninho, mas o galho se curvou e se dobrou debaixo dele. O filhote voou de novo, desta vez batendo as asas na direção do ninho. As patas compridas e magras estavam esticadas, e ele balançou no ar como um helicóptero num dia de muito vento. Não calculou direito o pouso, caiu no ninho e depois se ergueu, sacudindo e ajeitando as penas de volta no lugar.

— Voar é o mais fácil — ri. — Pousar é que é difícil.

Iona sorriu.

— Hora de outro desenho — avisou ela, e enfiou a mão no baú para pegar a caixa de material de pintura.

— Onde arranjou todas essas tintas? — perguntei. Ela tinha mais potinhos e vidrinhos do que nunca.

— A Sra. Wicklow foi limpar a sala de artes e guardou tudo para me dar de aniversário — disse ela.

— Não sabia que era seu aniversário — comentei.

— Bem, é na semana que vem. Mas eu não consegui esperar para usar a tinta.

Iona pegou uma folha nova de papel e começou a desenhar.

Dei uma olhada. Achei que ela faria o primeiro voo do filhote, mas ela desenhava Íris numa árvore do outro lado do lago.

— Hamish acha que logo ela partirá para a África — disse Iona.

Olhei o outro lado do lago, onde Íris estava pousada numa árvore alta e morta. Brilhava contra a floresta escura.

— Agora ela sempre pousa naquela árvore lá, não é? — perguntei.

— Acho que está com a cara triste — disse Iona.

— Ela é uma ave — retruquei. — Como pode ter cara triste?

Iona deu de ombros e continuou trabalhando no desenho.

— Para mim, tem — disse Iona. — Ela sabe que não pode ficar aqui, por mais que queira. Não pode evitar. Vai precisar abandonar o filhote e ir embora.

Ri.

— Ela nem deve pensar nisso.

Iona amassou o desenho e o jogou no chão. Desceu às pressas pelo alçapão e saiu correndo da casa na árvore.

— Iona! — chamei, mas ela já sumira entre as árvores.

Alcancei-a junto ao rio. Estava sentada numa pedra, curvada para a frente, enfiando o canivete numa coisa na mão.

— Ela voltará, Iona — disse eu.

Ela se virou. Lágrimas corriam pelo rosto.

— Será?

O medalhão de ouro estava aberto na mão dela. Havia cortes profundos na foto do rosto da mãe.

Sentei-me juntinho dela.

— Sua mãe vai voltar para você, Iona — tentei consolá-la.

Ela fechou o medalhão e limpou as lágrimas do rosto.

— Não — disse ela, balançando a cabeça. — Ela nunca vai voltar para mim.

Capítulo 16

Falei com a minha mãe sobre o aniversário de Iona, e ela insistiu em fazer um bolo. Disse a ela que não se incomodasse, mas dali a uma semana estávamos todos sentados à mesa da cozinha, cantando "Parabéns para você" para Iona, e vendo-a apagar as velinhas do bolo.

— Fez um pedido? — perguntou minha mãe.

Iona fez que sim e cortou o bolo. As velas lançavam no ar seus filetes de fumaça preta.

— Não posso dizer o que é, senão não se realiza — avisou ela. Ergueu o primeiro pedaço de bolo. — Quem quer?

Hamish estendeu a mão por sobre a mesa da cozinha.

— Aceito um pedaço — disse — em troca disto. — E entregou a Iona um pacote embrulhado com papel metalizado.

— Para mim? — perguntou ela, rasgando o papel, os olhos brilhantes. — Uau, um livro de aves de rapina! Obrigada, Hamish.

— E também temos uma coisinha para você — disse minha mãe.

Meu pai tirou de sob a mesa um embrulho grande.

— Isto é seu. Esperamos que goste.

— Nunca recebi tantos presentes — comentou Iona. Ela desembrulhou o pacote e abriu a caixa. — Obrigada!

Olhei dentro da caixa e quase sufoquei. Minha mãe comprara para Iona um par de botas de caminhada cor-de-rosa, com cadarços roxos.

— São horríveis — disse eu.

Mas Iona ergueu as botas, um sorriso imenso no rosto.

— Adorei! — comentou. — Adorei mesmo!

Minha mãe entregou a Iona algumas meias.

— Estas também são para você. Experimente, veja se cabem.

Iona calçou as meias e enfiou os pés nas botas.

— Perfeitas! — avisou. — Como acertou meu número?

Minha mãe deu uma olhada para meu pai e sorriu.

— Foi ideia dele — disse. — Ele mediu as marcas do seu pé descalço na lama.

Graham serviu-se de um segundo pedaço de bolo.

— Desculpe, não trouxe presente para você, Iona. Mas quer saber? Te levo para dar um passeio de rally pela fazenda, na garupa do quadriciclo.

— Não vai, não! — bronqueou minha mãe.

Graham enfiou o bolo na boca e piscou para Iona.

Minha mãe serviu xícaras de chá e pôs mais bolo na mesa.

— É uma pena que seu avô não tenha podido vir também.

Iona concordou, pegando com o dedo as migalhas grudentas no prato.

— Ele tinha um compromisso.

Eu sabia que ela não queria que minha mãe perguntasse muito.

— Por que não estreia as botas novas? — falei.

— Posso? — perguntou Iona.

— Claro — respondeu meu pai, sorrindo. — Que tal você e Callum subirem o morro?

Fui buscar minhas botas e segui Iona até o quintal. Ela pulava no mesmo lugar, à minha espera.

— No fundo você não gostou, não foi? — perguntei. — São cor-de-rosa!

Iona saiu andando, se equilibrando nos montes de lama endurecidos.

— Rosa é a minha cor favorita.

Olhei-a de cara feia.

— Você nunca disse isso.

Ela riu.

— Você nunca perguntou.

Eu dei um empurrão nela numa poça de lama pegajosa e saí correndo.

— Ei, cuidado — gritou ela. — Não quero que se sujem!

Corremos ladeira acima pela parte mais íngreme do morro até o muro de pedra que passava pelo limite mais alto do campo. O sol ardia nas costas, e ficamos sem fôlego quando chegamos ao muro. Havia ovelhas espalhadas na elevação que separava a nossa fazenda do vale mais além, com o lago e as águias-pescadoras.

Iona lambeu o dedo e tentou tirar a lama da frente de uma das botas.

— Eu gostaria que as aulas não começassem na semana que vem — disse ela.

— Eu também — concordei. Seria diferente na escola, eu bem sabia.

— Ainda estamos no meio de agosto — disse Iona. — Quando eu morava em Londres, as aulas só começavam em setembro.

Peguei pedrinhas e tentei jogá-las o mais longe possível morro abaixo.

— Pois na Escócia é assim.

— Sabe o que a gente devia fazer antes de voltar às aulas? — perguntou Iona.

— O quê? — Virei-me para olhá-la. Ela estava com um sorriso enorme no rosto.

— Passar a noite na casa da árvore.

— Minha mãe nunca deixaria — falei.

— Não peça — disse Iona. — Meu avô não vai notar se eu sair. Podemos fugir e nos encontrar lá.

Pensei em dormir na casa da árvore, na escuridão, com todos os barulhos da noite à nossa volta, em acordar e ver a aurora. Tínhamos conversado sobre isso antes, mas nunca a sério. Agora parecia uma ótima ideia.

— Tudo bem — concordei. — Este sábado está bom?

Iona sorriu.

— Então não suba até lá — disse ela. — Tenho de preparar uma coisa, uma surpresa.

— O quê? — perguntei.

Ela riu.

— Você vai ter de esperar para ver.

Virei-me para descer o morro, mas Iona me chamou de volta.

— Callum — disse ela. Olhei-a. — Hoje. O dia todo. Foi o melhor.

Sorri para ela.

— Vamos — gritei. — Você não me pega!

Capítulo 17

Naquele sábado, enfiei na mochila dois sacos de dormir, duas lanternas, um dos bolos de frutas da minha mãe e uns pacotes de batata frita que catei na cozinha. Planejava encontrar Iona na casa da árvore, voltar para tomar chá em casa e escapulir quando escurecesse.

— Vai fugir de casa? — perguntou minha mãe.

Será que ela descobrira? Olhei-a, mas ela sorria.

— Parece que vai passar uma semana fora — disse ela.

Contornei o outro lado da mesa da cozinha.

— São só coisas para a casa da árvore — falei.

— Então não demore. Parece que vai chover. Este tempo quente logo vai acabar.

— Volto para o chá.

Saí da cozinha fresca para a parede grossa de calor do verão. O ar estava parado. Kip e Elsie, os cães da fazenda, estavam deitados, ofegantes, no abrigo do canil. Abri a mangueira e eles pularam sobre a torrente faiscante de água que caiu nas vasilhas. As ovelhas estavam amontoadas na sombra do muro de pedra no alto do campo. O capim estava seco e castanho, e insetinhos zumbiam acima das espigas de flores.

Fiquei contente ao chegar à sombra das árvores ao longo do caminho do lago.

Estava pensando na surpresa que Iona disse que preparara para mim. Estaria à minha espera? Estaria me observando?

Olhei o alçapão da casa da árvore. Estava fechado.

— Iona? — chamei.

Nenhuma resposta. Subi pela escada de corda e empurrei o alçapão para abri-lo, com esperança de ver o rosto dela sorrindo para mim.

— Iona, sou eu — chamei de novo.

Puxei a mochila para dentro da casinha e olhei em volta. Iona não estava lá, mas na parede de madeira diante da janela estava a surpresa que preparara. Era uma pintura enorme de uma águia-pescadora pegando um peixe. Estava pintada na própria madeira. Era detalhadíssima, até a mínima pena. Havia gotas de tinta derramada ao longo do chão. Ela devia ter levado um tempo enorme para terminar.

Tirei o bolo e as batatas fritas da mochila e pus tudo na mesa, desenrolei os sacos de dormir no chão.

— Iona? — Levantei a tampa do baú para ver se estava ali escondida, mas ela não estava em lugar nenhum. Inclinei-me pela janela para dar uma olhada no caminho. Não havia sinal dela.

As nuvens tinham ficado roxas e cinzentas, como um hematoma escuro que se espalhasse pelo céu. Ao sul, o trovão ribombava sobre as montanhas. Se Iona não chegasse logo, ficaria encharcada. Talvez tivesse esquecido, mas isso não era típico dela.

Desci pela escada de corda e parti pelo caminho, na esperança de encontrar Iona chegando. Segui a trilha junto ao rio até chegar às trilhas de minério que desciam até a aldeia. No fundo de uma poça seca havia uma pena comprida, coberta de terra. Agachei-me para pegá-la e limpá-la na manga. Era cor de creme com listras grossas marrom-escuro: uma pena de águia-pescadora.

Enfiei-a no bolso de fora da bermuda. Gotas grandes e isoladas de chuva atingiram o chão junto a meus pés, lançando no ar nuvenzinhas de pó. Olhei o céu. Uma grande nuvem assomava sobre o morro, a sombra escura contra a encosta. O trovão soou de novo, dessa vez mais perto. Comecei a correr. O céu escurecia, e, quando cheguei à entrada da aldeia, até as lâmpadas dos postes se acenderam.

Consegui ver a casa de Iona à beira da aldeia. Era uma casinha baixa, caiada de branco, que ficara cinzenta com o passar dos anos. Ao lado, havia uma casinha de aluguel meio despencada. Talvez eu tivesse me desencontrado de Iona pelo caminho. Talvez ela já estivesse na casa da árvore. Mas eu tinha certeza de que não me desencontrara dela. Sabia que ela usaria aquele caminho, simplesmente sabia.

Corri pela estrada até a casa e, perto do portão aberto, passei a andar. O jardim da frente era um emaranhado de mato alto e ervas daninhas. Havia uma cama velha no canto, estrangulada por uma corriola, as molas enferrujadas e a cobertura esfarrapada decoradas pelas flores brancas em forma de trombeta.

Uma luz fraca vinha de dentro da casa. Nunca entrara lá. Rob e eu costumávamos nos desafiar a bater à porta e sair correndo. Ficávamos escondidos no mato para ver o Maluco McNair sacudir a bengala no ar como louco no portão.

E se Iona não estivesse lá?

Dava para sentir meu coração batendo no peito.

Subi o caminho e parei à porta. A tinta azul-clara estava se soltando, descascada.

Bati à porta e esperei.

Uma frestinha se abriu.

Consegui ver o avô de Iona, a barba branca por fazer no rosto, o olho avermelhado e a manga do camisolão.

— O que você quer? — O hálito fedia a uísque.

Tive vontade de correr.

— Iona está?

Ele me espiou pela porta.

— Callum McGregor, não é?

— Sou, sim, Sr. McNair.

Ele abriu a porta mais um pouco.

— Entre, se quiser. Não dá pra ficar muito. Iona não está bem. Gripe de verão, parece. Também tive há algum tempo.

Segui-o até o quarto da frente. Precisei me espremer entre pilhas e pilhas de caixas e jornais velhos. A sala tinha um cheiro úmido e mofado, como trigo estragado. As janelas tinham cortinas finas e marrons, e uma televisão piscava em silêncio no canto. Iona estava enrolada em cobertores numa poltrona. Parecia com frio, apesar do calor do dia. Uma caneca de chá com espuma de leite frio e um prato de torradas não comidas estavam no chão a seu lado.

O avô de Iona me fitou por baixo das sobrancelhas grossas.

— Não demore. — Pegou uma garrafa de uísque meio vazia e se foi, arrastando os pés. — Vou voltar para a cama, Iona. Chame se precisar de mim.

Sentei-me numa pilha de jornais velhos perto dela.

— Oi, Iona — disse. — Está tudo bem?

— Acordei gripada hoje de manhã — explicou ela. Limpou o nariz com um lenço de papel amassado na poltrona.

Passei-lhe uma caixa de lenços de papel limpos que estava no chão.

— Obrigada — agradeceu ela. Recostou-se e pôs os dedos na testa. — Parece que minha cabeça vai explodir. Não consegui ir para a casa da árvore. Desculpe.

— Não tem problema — disse eu. — Fica para a próxima.

Iona fechou bem os olhos. Dava para ver que tentava não chorar. Sabia que ela devia estar se sentindo muito mal, porque não perderia por nada a oportunidade de passar a noite na casa da árvore.

— A pintura ficou muito boa — disse eu —, a da águia.

— Gostou?

Fiz que sim. Tirei a pena do bolso.

— Trouxe isto para você — disse.

— Uma pena de águia-pescadora — murmurou ela. — Onde encontrou?

Comecei a contar, mas pude ver que ela não prestava atenção. Os olhos de Iona estavam se fechando, e ela começava a dormir. Fiquei ali sentado, vendo as pessoas silenciosas na TV. A respiração de Iona era curta e superficial. Ouvi o ranger das tábuas e o barulho surdo do avô de Iona se deitando na cama, no quarto do andar de cima.

Enfiei a pena na mão dela e me levantei para ir embora.

— Até logo, Iona — sussurrei.

— Callum?

— O que é? — perguntei.

— Cuide da Íris. Para que fique sempre a salvo.

— Amanhã você pode ir lá ver como ela está — disse eu.

— Prometa. — Iona me olhou com olhos cansados.

— Tudo bem, Iona — falei. — É claro que prometo.

Ajeitei os cobertores em torno dela e depois saí.

Lá fora, o temporal despencou. A chuva golpeou o cimento quente. Uma cortina de raios relampejou, amarela como neon.

Fui para casa pela chuva torrencial.

Nunca mais vi Iona.

Capítulo 18

Acordei com a chuva batendo na janela do meu quarto. Olhei o relógio: nove horas, já. Dormira demais. Vesti a roupa e espiei pela janela. Chovera a noite toda, chuva forte e pesada. Poças profundas se acumulavam no terreiro. Kip e Elsie latiam no canil. Olhei o relógio de novo e achei estranho, porque a essa hora meu pai já teria soltado os dois.

Desci para a cozinha, e minha mãe se virou para mim quando abri a porta. Meu pai, Graham e Hamish também estavam lá. Graham bateu a xícara na mesa e saiu correndo. Meu pai e Hamish não me olharam. Estariam zangados? Teriam descoberto o plano de dormir na casa da árvore?

— Sente-se, Callum — disse minha mãe.

— O que foi que eu fiz?

Ela me abraçou.

— É Iona — disse ela, e me abraçou com muita força.

— Ela morreu... ontem à noite.

Empurrei minha mãe.

— Não! Eu a vi ontem à noite.

Meu pai se aproximou.

— Sinto muito...

— Não é verdade — gritei. — Ela estava bem. Estava gripada, só isso, só gripe. — Olhei Hamish. Ele parecia pálido, mortalmente branco.

— Acabei de vir da casa dela — disse. — A ambulância estava lá.

Eu me afastei deles rumo à porta, calcei as botas e comecei a correr. Correr e correr. O pulmão ardia, e o peito doía, mas só parei quando cheguei à casa da árvore.

Subi pela escada de corda. As mãos doíam de frio, e os pés escorregavam nos degraus de madeira molhada. Abri o alçapão sobre a minha cabeça e me icei para dentro. A chuva escorrera por toda parte da casa da árvore. Pingava água dos sacos de dormir, e o bolo na mesa estava encharcado e transformado em mingau. As cores da águia pintada de Iona tinham escorrido para o chão. Todos os pequenos detalhes se perderam. Agora era uma águia-fantasma.

Chutei uma caixa de biscoitos pelo alçapão e a vi cair com estrondo nas raízes da árvore. Queria gritar e berrar. Queria chorar. Mas as lágrimas não vinham.

Escancarei a janela, e o vento norte bateu as folhas contra as paredes de madeira. Inclinei o corpo para fora da janela.

— Iona morreu — berrei —, morreu.

Íris se virou para olhar na minha direção. Estava acocorada no lado abrigado da árvore do ninho. O marrom pintalgado das asas se fundia à casca descamada do galho. O companheiro estava no ninho. Não dava para ver o filhote, mas eu sabia que devia estar aconchegado em algum lugar por ali, tentando se manter seco.

Inclinei-me bem para fora da janela, deixando metade do corpo sobre o vazio.

— Ela morreu! — gritei. — Morreu! Mas você não sabe de nada! Você é só uma ave estúpida!

Íris arrepiou as penas, os olhos brilhantes me observando. Seu grito de alarme soou pela chuva torrencial: "Quii, quii, quii."

Bati palmas, e Íris se lançou no ar.

— Você é só uma ave burra e estúpida.

Bati a janela contra as paredes de madeira da casa na árvore, e o barulho ecoou pelo lago. Íris deu uma volta para longe, sobre a floresta na encosta atrás de mim, a parte de baixo do corpo pálida contra o céu de chumbo.

Fiquei lá sentado fitando o lago, só fitando. Cacos de luz do sol se filtravam pelas nuvens. Íris não voltou ao ninho. Iona tinha dito que até o fim da semana ela partiria para passar o inverno na África. Talvez já tivesse ido. Eu prometera a Iona que cuidaria de Íris e agora a espantara.

Estava meio adormecido quando um barulhinho de penas assoviou acima da minha cabeça, seguido por um barulho surdo. Íris pousara num galho ao lado da casa da árvore. Mal consegui respirar. Ela estava tão perto. Dava para ver as barbas de cada pena e a curva metálica de cada garra. Ela sacudiu as penas e examinou o horizonte ao sul.

— Você vai, não é? — sussurrei.

Ela virou a cabeça e me fixou com os brilhantes olhos amarelos. Olhou bem dentro de mim. Então, de repente, naquele momento, eu soube que fazia parte do mundo dela, como ela do meu. Não pude deixar de pensar que talvez, só talvez, no fundo da sua alma de ave, ela soubesse da promessa que eu fizera a Iona.

15 DE AGOSTO

16:10 GMT

NINHO

TERRAS ALTAS – ESCÓCIA

Íris voou para o alto pelos cacos de raios de sol, no ar claro e frio. Deu uma última volta no ninho. O companheiro limpava as penas, lubrificando-as depois da chuva forte. Ela se afastou do ninho que tinham construído com gravetos e capim e dos chamados insistentes do filhote já crescido que tinham criado naquele verão.

Agora a atração pelo sul era grande demais. A necessidade de voar era forte. Pulsava por dentro, programada no fundo de cada nervo, músculo e célula. A cada dia, o sol não subia tão alto. A cada dia, seu arco pelo céu baixava rumo à curva azul-clara do horizonte ao sul.

Íris subiu na corrente ascendente do frio vento norte. Ele ondulou sob suas penas e a levou para cima, pelos fios de nuvem que passavam. Esse era seu mundo de céu vasto e água refletida. Ela voou alto no vento rápido, deixando para trás a antiga paisagem de picos montanhosos, lagos cintilantes e vales de rios largos.

Capítulo 19

O interior da igreja estava fresco. Fiquei sentado em silêncio entre Rob e Euan enquanto falavam por cima de mim e observei pontinhos dourados de pó esvoaçarem nos raios de sol que vinham das janelas altas.

— Tomou os antibióticos? — perguntou Rob.

— Têm um gosto horrível, não têm? — cochichou Euan.

— Minha mãe está morrendo de medo que eu também morra de meningite. Ela não me larga.

Rob concordou.

— Minha mãe também, não para de medir minha temperatura de cinco em cinco minutos. Nem acredito que já passamos as duas primeiras semanas sem aula.

Era um culto em memória de Iona. Minha mãe e meu pai estavam sentados atrás de mim, e dava para ver Hamish sentado mais à frente. Professores, alunos e pais da escola enchiam a igrejinha. Pés rasparam o chão de pedra, e vozes se ergueram nos bancos. Enfiei as unhas nas mãos e esperei.

O silêncio caiu sobre a igreja quando o reverendo Parsons subiu o corredor central, seguido devagar pelo velho Sr. McNair. Uma mulher vinha de braço dado com ele, arrastando os pés. Era a mãe de Iona. Eu a reconheci pela foto do medalhão, mas agora seu rosto estava cinzento e enrugado, os olhos escuros afundados nas órbitas. Não dava para imaginar que já fora dançarina. Estava de cabeça baixa, como se sentisse sobre ela todos os olhos da igreja.

O reverendo Parsons levou-os até seus lugares e subiu ao púlpito com asas de águia. Meus pensamentos corriam com Iona pelos morros enquanto a voz dele passava sobre a nossa cabeça. Duas meninas da nossa classe leram poemas, e uma cantou um solo. Depois, todos cantamos *All Things Bright and Beautiful*, "tudo o que é claro e belo", o hino predileto de Iona.

Quando o culto terminou, todos nos levantamos enquanto o Sr. McNair e a mãe de Iona saíam da igreja. Eles pararam quando chegaram ao meu banco. A mãe de Iona se virou para mim. As mãos estavam postas, como se em oração, e tremiam muito. A pele parecia de papel branco, coberta de manchas escuras como aranhas.

— Callum McGregor? — perguntou ela.

A voz era fina e áspera, como se fosse difícil falar.

Fiz que sim.

— Acho que agora isto pertence a você.

Ela pegou minha mão na dela e deixou ali um pequeno medalhão em forma de coração, numa corrente. Era o relicário de ouro que Iona sempre usava no pescoço.

Nunca a vira sem ele. A mãe de Iona apertou minha mão e se virou.

Abri o medalhão e depois desejei não ter aberto. De um lado estava a foto de Iona e, do outro, no pequeno espaço em forma de coração, uma foto minha, uma fotinha que reconheci, cortada de uma foto da turma na escola. Enfiei o medalhão e a corrente no fundo do bolso, zangado com Rob e Euan por olharem, e mais zangado ainda com Iona por ter me posto naquilo.

— Vejam só o estado dela — disse a mãe de Euan, observando a mãe de Iona sair da igreja. — Dá uma dor no coração...

— É uma vergonha — confirmou a mãe de Rob, atrás de nós —, deixar uma criança pequena como Iona morar com aquele velho. Ele passa a maior parte do tempo meio bêbado, não foi capaz de ver que ela estava muito doente.

Minha mãe se virou para as duas. Acho que nunca a vi tão zangada.

— Ah, e de quem é a vergonha? Fiona era nossa amiga, lembram? O que fizemos para ficar de olho na filhinha dela? Por acaso o Sr. McNair sentiu que poderia pedir ajuda a alguma de nós?

Ela enfiou a mão na bolsa e jogou as chaves do carro nas mãos do meu pai.

— Vou a pé para casa — disse, irritada. — Preciso de ar fresco.

Minha mãe saiu a toda da igreja, e eu a segui até o estacionamento e pela rua que saía da aldeia. Andamos em silêncio, ela marchando à frente, os sapatos fazendo clique-claque na calçada.

Estávamos quase no começo da trilha da fazenda quando meu pai parou o carro ao nosso lado. Entramos, e ele nos levou até em casa.

— Desculpe ter explodido — pediu minha mãe. — Não consigo deixar de pensar que deveríamos ter feito mais por todos eles.

— Sei disso — concordou meu pai. — É como todo mundo também está se sentindo.

Ele parou no terreiro, e saí do carro. Minhas pernas pareciam de chumbo. Estava cansadíssimo.

Meu pai me alcançou quando eu atravessava o quintal.

— Estava conversando com a mãe de Euan — começou ele. — Ele ficou bem chateado por não ver você no verão.

Dei de ombros.

— Euan sempre foi um bom amigo seu — disse meu pai.

Descalcei as botas com um pontapé e empurrei a porta da cozinha.

— Eu o convidei para vir aqui — avisou meu pai. — A mãe dele vai trazê-lo.

— Não quero ninguém aqui.

— As aulas começam amanhã — falou ele. — Vai fazer bem a você ver seu amigo antes.

Fui em frente pela cozinha, passando pela minha mãe.

— Vou para o meu quarto.

— Disse a Euan que você o levaria para pescar — gritou meu pai. — Ele não pescou durante todo o verão. Eu disse que você o levaria ao lago.

Dei meia-volta.

— O lago, não! Você é burro, é?

— Já chega, Callum — avisou meu pai.

— Mas as águias-pescadoras, combinamos manter segredo — gritei.

— Você precisa dos seus amigos mais do que pensa — aconselhou meu pai. — Não dê as costas a eles. Se não levar Euan para pescar no lago, eu levo.

Capítulo 20

Subi a escada correndo até meu quarto. Estava furioso com meu pai. Não queria ninguém ali. Ouvi um motor a distância; olhei pela janela e vi um carro subindo a trilha da fazenda. Parou no quintal, e observei Euan descer do banco de trás, seguido por Rob. Ele também estava ali.

— Callum, eles chegaram — gritou minha mãe.

Bati a porta e fiquei de costas contra ela.

— O que está fazendo, Callum?

Dava para ouvir vozes na cozinha lá embaixo.

Vesti uma camiseta e uma bermuda velha. O medalhão caiu da calça quando a joguei na cadeira. Peguei e enfiei o medalhão no estojo do binóculo e pus em cima do guarda-roupa.

Minha mãe abriu a porta.

— Euan e Rob estão aqui — disse ela.

Olhei-a de cara feia.

— Sei disso. Ouvi você falar.

Euan e Rob estavam esperando por mim na cozinha. A vara e a caixa de material de pesca de Euan estavam na mesa.

— Euan mal pode esperar — disse a mãe dele. — Não é, Euan?

Olhei-o, e ele remexeu as correias do estojo de pesca.

— Não vamos ter muito tempo — avisei. — Já são quase cinco horas.

Minha mãe me passou a mochila.

— Seu pai leva vocês até o lago no Land Rover — disse ela. — Preparei uns sanduíches e bolo e coloquei aí para vocês todos.

Subimos na traseira do Land Rover e ficamos sentados em silêncio enquanto meu pai nos levava até o lago. Havia coletes salva-vidas e remos amontoados em volta dos nossos pés.

Meu pai parou no cascalho da margem do lago.

— Tenho trabalho para fazer lá em cima — explicou meu pai. — Portanto, se quiserem, podem levar o barco.

Desci e examinei o céu. Não havia sinal da águia macho nem do filhote. Sabia que estariam em algum lugar por ali. Hamish tinha dito que os machos e as aves jovens só partiam para a África em meados de setembro.

— Vamos, Callum — pediu meu pai.

Todos ajudamos a levar o bote até a água. Euan embarcou o equipamento de pesca, pulamos lá dentro, e meu pai nos empurrou para o lago.

— Até mais — gritou meu pai.

Fitei-o na margem. Algumas aleluias retardatárias dançavam nas águas rasas, e a luz do sol faiscava na marola do barco. Giramos num arco lento, balançando de leve na água O ar estava quente e parado sob o abrigo das árvores.

Euan olhou o outro lado do lago.

— Acho que vamos ter de remar até a outra ponta — disse. — Há uma brisa aqui na água. Um bom dia para uma isca Bristol Black.

— O campeão júnior de pesca com mosca falou e disse. — E Rob me deu um cutucão.

Fechei a cara e dei as costas para ele.

Rob pegou os remos e começou a remar, lançando o barco à frente.

— Talvez você não se interesse pelos detalhes da pesca com mosca, Rob — comentou Euan —, mas não vai conseguir pescar se não souber o que está fazendo.

— E você é o especialista local, não é? — disse Rob.

Euan abriu a caixa de pesca. Bandejas de moscas artificiais de cores vivas se abriram à nossa frente.

— Não se pode usar uma mosca qualquer — argumentou ele. — Depende da época do ano, do tempo e tudo o mais. — Ele escolheu uma grande mosca preta e a examinou com carinho. O anzol faiscava sob o leque de plumas pretas. — Esta aqui é uma Bristol Black. É um gafanhoto. A truta pensa que é um suculento inseto terrestre, como este gafanhoto, soprado sobre a água. Ora, esta aqui é perfeita para um dia quente, e com muito vento, de fim de verão. Se houver alguma truta por aqui, isso vai atraí-la.

Estiquei-me num dos bancos e fitei o céu, escutando o bater surdo dos remos nos suportes e o gorgolejo da água sob o barco.

— Sabe, eu tinha um pouco de medo da Iona — disse Rob.

Observei as nuvens enfunadas navegarem lá em cima.

— Às vezes ela era bem brava — disse eu. Não consegui segurar um sorriso. Olhei na direção de Rob. — Ela conseguia se aproximar dos cervos-nobres — falei —, chegar à distância de um braço. Lembra quando pegou uma truta com as mãos naquele dia que a conhecemos?

Rob puxou os remos e deixou o barquinho ser levado pela brisa. Passou a mão na água e fitou seu reflexo rompido.

— Fazer cosquinha em truta é legal, tudo bem — comentou Euan. — Mas *isto*, Callum — disse ele, se levantando no bote —, *isto* é arte pura. — Ele sacudiu a vara e lançou a isca pela água. Ela voou pelo ar e caiu com um *plop* distante.

Rob se esticou no outro banco e fechou os olhos.

— O que acha, Callum? Vamos ter peixe com fritas no chá?

— Podem rir o quanto quiserem — disse Euan, de costas para nós. — Eu terei uma boa truta gorda no meu.

Deslizamos lentamente pelo lago até o início da noite. O ar quente e turfoso zumbia com um bilhão de insetos. Em algum lugar lá no pasto, um maçaricão gritou, e acima de mim andorinhas e andorinhões davam voltas pelo ar.

—Tem mais comida? — perguntou Rob, remexendo minha mochila.

— Acho que você comeu quase tudo — respondi.

— Estou morrendo de fome — disse Rob. — Pegou algum peixe, Euan?

Euan só lhe fechou a cara.

—Talvez não esteja lançando direito — disse Rob. — Quer que eu te mostre?

— No dia em que precisar de aulas suas, desisto de pescar — retrucou Euan.

Vi a ponta da vara de Euan balançar para trás e para cima antes que ele lançasse a isca pela água. Acima de nós, no alto do céu, as largas asas listradas de uma águia-pescadora entraram no campo de visão. Voava em círculos, examinando o lago embaixo. Caçava. Era o companheiro de Íris procurando peixe para o filhote.

Rob e Euan ainda discutiam.

— Será que você não está usando o tipo errado de vara? — perguntou Rob.

— Esta é a melhor vara que o dinheiro pode comprar. É de fibra de carbono — disse Euan.

A águia-pescadora bateu as asas, planando. Preparava-se para mergulhar. Já vira aquilo, mas toda vez eu sentia a mesma emoção.

— Talvez esteja usando a mosca errada — sugeriu Rob.

— Ah, cale a boca, Rob — explodiu Euan. — Não há trutas neste lago. Seria mais fácil pegar um peixinho dourado. — Ele agitou a ponta da vara, fazendo a isca sacudir na água.

A águia mergulhou. Asas fechadas. Cabeça à frente. Garras para fora.

Como uma mancha pelo céu, mergulhou na água perto do gafanhoto Bristol de Euan. A água espirrou no ar. Esperei que a águia voasse diretamente para cima, mas ela bateu as asas algumas vezes e só ficou ali na água, flutuando e nos fitando.

— Que diabos é aquilo lá? — perguntou Rob espantado.

— Águia-pescadora! — exclamou Euan.

Ela balançou a cabeça e bateu as asas, erguendo-se. Lutou, batendo as asas com força, as garras fundas na água.

Finalmente deixou a superfície, não muito longe do nosso bote, e se sacudiu, espalhando um arco-íris de diamantes de gotas d'água. Debaixo da águia, presa nas suas garras, estava uma das maiores trutas que eu já vira. Estava tão perto que deu para ver o vermelho-vivo das guelras se abrindo e fechando.

Rob quase caiu do barco de tanto rir. Mas Euan ficou ali sentado, boquiaberto. Pela primeira vez na vida, estava totalmente sem fala.

Euan Douglas fora superado na pesca.

Capítulo 21

— Águia-pescadora! — disse Euan, caindo sentado no bote. Observou a águia levar a truta para o ninho, onde o jovem filhote a puxou. — Você tem um ninho de águias-pescadoras na sua fazenda. Por que não nos contou?

Fitei as ondinhas na esteira do bote.

— São raras — murmurei. — Protegidas.

— E você achou que a gente ia sair por aí contando a todo mundo — disse Euan. Agora parecia ferido, zangado. — Achou que não podia confiar em nós?

Peguei os remos e remei com força.

— Não foi assim — disse eu.

— *Ela* sabia? — perguntou Rob.

Fiz que sim.

— Iona as achou. Ela as salvou... quero dizer, salvou Íris.

— *Íris?* — perguntou Rob, com uma gargalhada.

— É, Íris — retorqui. — Por que você precisa transformar tudo em piadas imbecis? — Remei para cruzar o lago, os remos batendo na água. O barco encalhou no cascalho da margem. Pulei e prendi a corda num toco de árvore.

— Prometi a Iona que cuidaria de Íris. E vou cuidar. Vou mesmo.

Saí pisando forte pelo caminho. Rob e Euan tiveram de correr para me alcançar.

Rob me segurou pelo braço.

— Desculpe, tá bom?

Virei-me zangado para ele.

— Você disse que eu era um perdedor, lembra?

— Estava zangado. Você não ligava mais para nós.

— Eram as águias-pescadoras — respondi. — Eu... — Minha voz sumiu e caí sentado numa pedra úmida e musgosa.

Euan se encostou numa árvore.

— E onde ela está agora? Onde está Íris?

— Foi embora — disse eu. — Foi para o sul passar o inverno.

— Então é isso? — perguntou Euan. — Você vai precisar esperar até o ano que vem?

Fiquei ali sentado, pegando pedacinhos de musgo e enrolando-os entre os dedos.

— Não — respondi.

Nem Rob nem Euan disseram nada.

Joguei o musgo no chão.

— Dá para segui-la. Ela tem um transmissor de rádio nas costas. Dá para ver a viagem dela de ida e volta até a África.

— Está brincando? — perguntou Rob. Estava de olhos arregalados.

— Não — respondi. — Eu e Iona ajudamos a pôr o transmissor.

— Uau, *isso* é que é legal — assoviou Rob. — E como você a acompanha?

— Pelo computador — expliquei.

— Pode nos mostrar? — perguntou Rob.

Dei de ombros.

Euan me deu um olhar duro.

— Céus, Callum, somos seus amigos. Não confia em nós?

Olhei os dois. Meu pai estava certo. Eram meus amigos, e, naquele momento, eu precisava deles.

— É claro que confio.

— Ora, então vamos — disse Rob, pegando minha mochila. — Mal posso esperar para ver.

No meu quarto, Euan e Rob se inclinaram por sobre meu ombro enquanto eu ligava o computador.

— Íris está no sul da França — disse eu. — Logo terá de cruzar os Pireneus.

— Os o quê? — perguntou Rob.

— Pireneus — disse Euan —, as montanhas entre a França e a Espanha.

Mostrei a eles como digitar o código de Íris para encontrar a posição dela e acompanhá-la nos mapas do Google Earth.

— Vejam — disse eu. — Eis onde ela estava uma hora atrás.

<pre>
      25 de agosto
       19:00 GMT
   Lourdes, sul da França
43°05'08,94"N   0°05'43,43"O
   Velocidade: 26 km/h
   Altitude: 1,18 km
     Direção: Sul
Distância total: 1.771,86 km
</pre>

Rob assumiu o computador.

— Que demais — disse. — Dá para ver tudo por onde ela voa. E vejam isso. — Ele clicou em minúsculos ícones de fotos espalhados pelos mapas. — Tem até fotografias dos lugares. Olhem essas montanhas, são imensas!

Peguei meu diário e escrevi as coordenadas.

— O que é isso? — perguntou Euan.

— Um diário — respondi. — Marco a viagem dela aqui também.

— Posso olhar? — perguntou Euan.

Passei o álbum a ele, que folheou lentamente todas as páginas. Eu colara ali alguns esboços e pinturas de Iona.

— Esses desenhos são bons — disse Euan.

Fiz que sim.

— Foi Iona que fez.

— Posso desenhar uma coisa? — perguntou ele.

Entreguei um lápis a Euan e deixei que esboçasse um desenho no pé da página. Ele o ergueu quando ficou pronto e me mostrou. Não era tão bom quanto os de Iona, mas gostei mesmo assim.

Eram três meninos num barco no lago e uma águia-pescadora pegando na água uma truta marrom enorme.

Capítulo 22

27 de agosto
07:48 GMT
Pireneus, Espanha
42º45'28,29"N 0º21'41,68"O
Velocidade: 68,8 km/h
Altitude: 3,21 km
Direção: Sul
Distância total: 1.865,23 km

— Íris saiu da França — disse eu no café da manhã. — Está sobre os Pireneus agora. Acabei de fazer a leitura.

— Ótimo — observou meu pai, servindo-se de uma xícara de chá. — Espero que ela esteja levando muitos croissants para viagem.

— Pai, não tem graça nenhuma.

Minha mãe enfiou um prato de mingau sob o meu nariz.

— Ela está voando muito alto — disse eu —, a mais de 3 mil metros. E vai depressa também. Voa a quase 70 quilômetros por hora. Deve estar com um bom vento de cauda.

— É, e você vai precisar de mais do que vento de cauda para chegar à escola na hora — avisou minha mãe, batendo no prato com a colher. — Primeiro dia de aula, você não pode se atrasar. Seu pai terá de lhe dar carona.

Agora, Rob, Euan e eu estávamos todos no último ano. No ano seguinte, sairíamos da escola da aldeia para fazer o ensino fundamental de ônibus, a 30 quilômetros de distância. Meu pai me levou à escola e me deixou no portão.

O sinal tocava, por isso corri para a nova sala de aula.

Rob jogou a sacola na carteira ao meu lado.

— Um ano inteiro com a Sra. Wicklow — gemeu.

— Ela deu aulas ao meu pai quando ele estudou aqui — disse Euan, despencando numa cadeira.

— Ela é das antigas — comentou Rob.

Euan concordou.

— Meu pai jura que ela tem sangue de troll da montanha.

Dei um cutucão em Euan quando a Sra. Wicklow entrou pela porta.

— Bom dia, turma — berrou ela.

A classe ficou em silêncio quando ela se virou para fitar nós três antes de se voltar para escrever no quadro-negro.

— Vocês vão gostar de saber que começaremos o semestre com um projeto sobre castelos e cidades fortificadas — disse ela. — Estudaremos por que foram construídos e como era a vida quando havia gente morando lá. Trabalhem em grupo. Descubram o máximo possível e apresentem um projeto à turma.

Eu, Rob e Euan nos sentamos num computador vago e buscamos "castelos".

— Que tal o castelo de Edimburgo, esse é bom — sugeriu Euan.

— Quase todo mundo escolheu esse castelo no ano passado — disse a Sra. Wicklow. — Quero algo diferente.

Euan resmungou entre dentes quando a Sra. Wicklow saiu da sala.

Rob girava na cadeira ao nosso lado. Vasculhei todas as páginas para crianças, mas nada me chamou realmente a atenção. Só conseguia pensar em onde Íris estaria agora. O que estava vendo? Teria conseguido passar pelos Pireneus?

— Vamos, Rob — falei. — Acha que vamos fazer tudo sozinhos?

Rob veio a toda e bateu com sua cadeira na minha.

— Tudo bem, caia fora — disse ele.

E digitou o código de Íris.

— Aqui não, Rob — sibilei. — Não queremos que ninguém veja.

— Ora, ora — disse Rob. — Cara-de-troll não está aqui.

O computador levou séculos para abrir o Google Earth. A ampulhetinha não parava de girar.

— Corrida de cadeiras! — anunciou Rob. — Quem vem?

Isso era coisa nossa. Apostávamos corrida fazendo as cadeiras giratórias rodarem e rodarem desde a posição mais baixa até a mais alta, descendo de novo depois.

— Três... dois... um... JÁ! — gritou Rob.

E lá fomos nós. Girando como loucos. Mantive os braços e pernas junto ao corpo. Giramos, giramos, giramos. Rob e Euan eram manchas giratórias ao meu lado.

Minha cadeira chegou ao fundo com um barulho.

— Ganhei! — Euan chegou segundos depois de mim, mas olhava para mais longe, o rosto pálido.

— Callum McGregor!

Virei-me e gelei.

A Sra. Wicklow estava em pé atrás de mim, as mãos na cintura. Ela se virou para a turma.

— Ora, ora, parece que o Sr. McGregor e seus amigos têm tempo suficiente para brincar.

Todos nos fitavam. A sala estava em silêncio.

— Vejamos o que esses três encontraram na sua pesquisa — disse a Sra. Wicklow, dando um passo na direção do computador.

Rob estendeu a mão e apertou algumas teclas. Quis puxar a tomada da parede. Em instantes, o segredo de Íris estaria ali, para todos verem.

— Vamos, vamos — disse a Sra. Wicklow, irritada.

Rob teve tempo de apertar mais uma tecla. A Sra. Wicklow sentou-se e fitou a tela. Ergueu as sobrancelhas e me olhou.

— Não sabia que vocês se interessavam pelo norte da Espanha, pelos Pireneus, para ser mais exata.

Olhei Euan, mas não havia nada a fazer.

A Sra. Wicklow virou o monitor para a sala.

— Muito bem, Callum, Rob e Euan — disse ela.

Olhei a tela. Não mostrava Íris nem a rota que seguira sobre as montanhas. Em vez disso, havia uma página sobre o castelo mais extraordinário que eu já vira. Tinha torretas e muralhas e ficava localizado na beirinha de uma montanha muito alta, como se estivesse na borda do mundo.

— Castillo de Loarre — disse Rob, com sotaque espanhol forçado —, no alto dos Pireneus.

A Sra. Wicklow ergueu as sobrancelhas.

— Bom trabalho, meninos — parabenizou ela. — Continuem assim.

Quando ela se afastou pela sala, me virei para Rob.

— Como achou isso?

Rob riu.

— Pura sorte — respondeu. — Cliquei na foto mais perto da posição de Íris, só para afastar a atenção dela. Nem acreditei quando o castelo apareceu. Cliquei no link e pronto.

Olhei a tela mais de perto.

— Espantoso, não é? — disse eu. — Pensar que ela sobrevoou esse mesmo castelo há menos de uma hora. Talvez seja um dos seus marcos geográficos.

— Esqueça isso — falou Rob, passando a mão pelo cabelo. — Aquela ave acabou de salvar nossa pele.

27 de agosto
11:15 GMT
Loarre, norte da Espanha
42°18'49,42" N   0°37'29,39" O
Velocidade: 28,6 km/h
Altitude: 1,42 km
Direção: Sul
Distância total: 1.908,34 km

Capítulo 23

Seguimos a viagem de Íris todos os dias. Ela levou três dias para chegar ao sul da Espanha. Lá, ficou quase uma semana perto de um reservatório antes de seguir rumo ao estreito de Gibraltar. Liguei para Hamish para dizer que ela seguira para a África. Hamish me contou que já tinha ido a Gibraltar e vira montes de pássaros migratórios diferentes à espera das condições certas para atravessar o trecho de mar. Explicou que era como o saguão de um aeroporto para vários pássaros, que brigavam pelo espaço até que a direção certa do vento ou o céu limpo os levasse por sobre o mar.

Mas era o deserto que me preocupava. No mapa, a enorme extensão do deserto do Saara se estendia pelo norte da África. As fotos mostravam mares intermináveis de dunas de areia. Li sobre pedras tão quentes que nelas se podia fritar um ovo e tempestades de areia tão violentas que podiam nos arrancar a pele. Era difícil acreditar que Íris conseguisse sobrevoar essa fornalha sem água para beber nem pescar.

Então meu pior temor se realizou.

Não havia sinal de Íris.

Liguei para Hamish.

— Talvez tenha se abrigado nas pedras — explicou ele. — Quando se descarrega no escuro, a bateria solar não pode transmitir o sinal.

— Mas estamos no meio do dia — disse eu. — Ela deveria estar voando. Há muito sol por lá. É o Saara.

— Eu sei — disse Hamish, com um suspiro. — Precisamos esperar. É só o que podemos fazer.

Naquela noite, não dormi direito. Acordei cedo e digitei o código de Íris no computador.

11 de setembro
SEM SINAL

— Eu perdi Íris, pai. Não tinha sinal ontem. Ela foi muito para leste no Saara.

Meu pai puxou a borda da cortina do meu quarto. Ainda estava escuro lá fora, e a geada batia contra as janelas.

— Preciso de ajuda com as ovelhas, Cal. Precisamos trazê-las dos morros.

— Ela está a 178 quilômetros da água.

— Quero dar uma olhada em algumas ovelhas mancas.

— O dia ainda não nasceu no Saara. Talvez quando o sol bater no painel solar do transmissor a gente consiga encontrá-la.

Meu pai me olhou. Achei que ele não tinha escutado nada do que eu disse, mas tinha.

— Cal — disse ele —, também quero que Íris esteja bem, mas não vai fazer diferença nenhuma se você passar o dia inteiro com a cara colada na tela desse computador. Ela é uma ave selvagem num ambiente hostil. Você sabe disso. Não há nada que possa fazer para ajudá-la, ela está por conta própria.

— Mas ela é uma lutadora, pai. Não é? — Olhei a tela, no ponto exato do último sinal. A cada dia de sua viagem, eu dera um zoom na sua localização no Google Earth. Examinei a paisagem que ela sobrevoava. Era como se eu estivesse com ela. Era como se eu voasse com ela o caminho todo.

— Venha, Cal — pediu meu pai. — Tome o café da manhã e me ajude com as ovelhas. Talvez depois possamos subir no ninho das águias e prepará-lo para as tempestades. Hoje à noite vai ter ventania. Vamos cuidar para que o ninho esteja lá na próxima primavera. É só o que podemos fazer.

Virei-me para desligar o computador, mas antes que apertasse as teclas um pontinho alaranjado piscou na tela, um pontinho alaranjado que só podia significar uma coisa.

— Ela voltou, pai! — gritei. — O sinal apareceu. Lá, no deserto. É o sinal dela.

Meu pai espiou a tela e passou a mão pelo meu cabelo.

— É — sorriu. — Talvez esteja mergulhando os dedinhos num oásis bem verde agora, com uma bebida geladinha ao lado.

— Pai! — Eu lhe dei um empurrão, mas não conseguia tirar o sorriso do rosto.

117

11 de setembro
5:30 GMT
Deserto do Saara
31°30'08,84" N0°41'37,21"L
Velocidade: 0 km/h
Distância total: 3.812,02 km

Íris abriu os olhos e sacudiu as penas. Uma aurora pálida e alaranjada se espalhava pelo horizonte. Não havia marcos geográficos à vista, nenhum oásis forrado de verde nem a tira brilhante de um rio. Havia apenas as pálidas dunas douradas rolando sem fim à distância.

A tempestade de areia durara o dia inteiro, a noite toda. Soprara Íris para longe no deserto, onde ela conseguiu se abrigar sob uma formação rochosa. A areia áspera tinha entrado em sua boca e nas narinas e arranhara a pele macia sob as penas felpudas. Uma das patas estava inchada e doía com o velho corte que se abrira, e as compridas penas de voo estavam secas e quebradiças com o calor. Ela começou a penteá-las, lubrificando-as para que as bárbulas voltassem a ficar lisas e juntas.

Quando o sol surgiu no céu, Íris se lançou nas espirais de ar ascendente. O dia inteiro planou para o sul e para oeste. O sol do deserto lhe queimava as costas, e a areia do meio-dia ofuscava seus olhos. Quando o sol se curvou rumo ao horizonte, Íris desceu com ele pelas camadas de ar que resfriavam.

Abaixo, uma fila de camelos e pessoas se movia com dificuldade pelas dunas altas, as sombras compridas apertadas contra a areia dourada. Uma criança no alto de um dos camelos a apontou quando ela passou. No fun-

do de Íris, a lembrança das distantes terras frias fluiu, lembranças de uma criança observando, de boas pescarias e águas profundas. Isso a animou e a levou para mais alto. E, na luz decrescente, surgiu uma mancha verde de árvores e arbustos, e além dela uma tira de pôr do sol se refletiu nas curvas de um rio largo e cheio.

Capítulo 24

Nas semanas seguintes, marquei a viagem de Íris no meu diário e baixei fotos de alguns lugares pelos quais ela sobrevoou. Um deles foi a estranhíssima Estrutura de Richat, na Mauritânia, um desenho de círculos enormes no deserto que os cientistas da NASA viram do espaço. Ela sobrevoou cidades com nomes estranhos como Ksar el Barka e Boutilimit. Havia fotos de aldeias inteiras engolidas aos poucos por dunas imensas e fotos de caravanas de camelos seguindo rumo à pálida aurora do deserto.

O voo de Íris a levou para o sul e para oeste, para o Senegal e para a Gâmbia. Sua longa migração chegou ao fim às margens do rio Gâmbia, não muito longe da foz. Olhei fotos da região. Densos manguezais e palmeiras chegavam à beira d'água. Na maré baixa, os crocodilos dormiam na margem côncava de lama. Pescadores emendavam redes junto a barcos de cores vivas.

23 de setembro
08:00
Manguezal, Gâmbia
13°16'28,05" N16°28'58,14"0
Velocidade: 0 km/h
Distância total: 6.121,23 km

Era tão diferente dos lagos e montanhas da Escócia. E ela só levara 39 dias para percorrer o caminho todo. Hamish disse que algumas águias-pescadoras que acompanhara tinham feito o voo em muito menos tempo.

Depois disso, o sinal de Íris veio da mesma área todos os dias. Seus voos faziam zigue-zague por cima de um pequeno braço de rio em que pescava até as árvores onde pousava na margem. Parecia bem instalada, e não verifiquei a posição dela com frequência. Teria de esperar até março para que ela começasse a migração de volta ao norte, à Escócia.

Sentei-me diante do computador no quarto para conferir a posição dela. Eu não entrava lá havia alguns dias. Liguei o computador e me preparei para digitar o código de Íris.

Uma pedrinha bateu na vidraça do meu quarto.

Abri a janela e vi Rob e Euan no quintal lá embaixo, de bicicleta.

— Você não vem, Callum? Vamos subir as trilhas lá de cima.

Olhei os morros. As árvores chamejavam, vermelhas e douradas, ao sol de outubro. Era um dia perfeito.

— Já vou! — gritei. Íris teria de esperar. Desliguei o computador e peguei a jaqueta.

Rob estava com um capacete novo em folha, preto com listras prateadas.

— Presente da minha mãe — disse Rob. — Ela foi chamada por Cara-de-Troll. Achei que tinha dançado, mas Cara-de-Troll só queria contar que eu estava indo bem. Ela disse que tenho "uma abordagem entusiasmada da geografia".

— Não sei por quê... — falou Euan com um sorriso.

Fomos para os fundos da fazenda. Até Rob teve de empurrar a bicicleta morro acima. Empurramos e puxamos as bicicletas pelo leito seco e sulcado dos rios e pelas trilhas de ovelhas. Quando chegamos ao alto, nos jogamos na urze.

— Então ainda está lá — disse Euan.

Ele olhava o ninho das águias-pescadoras na ilha. Houvera algumas noites de tempestade depois da partida das águias.

— Hamish e meu pai subiram lá e prenderam o ninho no alto — disse eu.

— Por que acha que elas migram? — perguntou Rob. — Quero dizer, por que se dão a esse trabalho? Por que não ficam aqui?

— Provavelmente faz frio demais no inverno — respondi.

— Então por que não ficam na África — perguntou Rob —, onde é quente e sempre há peixe?

Dei de ombros.

— Talvez os ninhos fiquem mais seguros aqui. Quero dizer, aqui não há macacos nem cobras nem coisas para comer os ovos nem os filhotinhos.

— Mas há quem os roube — disse Euan.

— Bando de esquisitões — comentei. — É assim que Hamish fala.

— Venham — chamou Rob.

Fomos atrás dele pela trilha que passava pelo alto do morro. Era um passeio tranquilo, com algumas depressões para descer e subir do outro lado. O céu estava azul como no verão, refletido no lago lá embaixo.

— Ei, por aqui — disse Rob. Ele entrou com a bicicleta por uma trilha íngreme dentro da floresta de pinheiros. — Treino de slalom!

Seguimos Rob para lá e para cá entre as árvores. Os galhos eram tão baixos que eu precisava me curvar o tempo todo para não me derrubarem. Saímos a toda dos pinheiros escuros numa parte aberta da floresta que meu pai limpara e replantara com árvores nativas. Passamos voando pelas mudas jovens, cercadas para protegê-las dos cervos, e caímos na floresta de carvalhos e cerejeiras-bravas que ladeava o lago.

Rob derrapou até parar num anel de rochas brancas. Eu não percebera que estávamos tão perto da casa da árvore. Ficava a poucos metros dali.

— Que lugar é este? — perguntou Rob. — Nunca estivemos aqui.

Euan apeou da bicicleta e andou em volta do círculo de pedras.

— É como se tivessem sido colocadas aqui — comentou.

— Vamos embora — disse eu.

— Mas acabamos de chegar — retrucou Rob, e subiu numa das pedras. Um raio de sol passou pelo seu rosto. — Perfeito — disse ele.

Ele se encostou na pedra e fechou os olhos. Se erguesse os olhos, veria a casa da árvore bem em cima. Eu não queria contar a eles, ainda não. Não conseguiria subir lá. Levei a bicicleta na direção da trilha do lago e esperei.

— O que há com você, Cal? — gritou Euan.

— Estou morrendo de fome — respondi. — Vamos ver se minha mãe nos arranja o que comer.

Rob desceu para se juntar a nós, e pedalamos devagar pela trilha. Folhas de outono, vermelho-sangue, flutuavam na água escura do lago e se amontoavam nas margens.

— Quem é aquele? — perguntou Euan.

Havia alguém de jeans e camisa azul do outro lado do lago.

— É Hamish — disse eu. — O agente de proteção de animais selvagens de quem falei.

Contornei Rob e pedalei à frente dos outros.

— Oi, Hamish — saudei.

Rob e Euan pararam as bicicletas ao nosso lado.

— Estes são Rob — apresentei — e Euan.

Hamish cumprimentou-os com a cabeça, mas não estava com o sorriso alegre de sempre.

— A situação não está boa, não é? — comentou.

— O quê? — Eu não sabia do que ele estava falando.

— Íris — falou. — Não notou?

— Não conferi nos últimos dias — disse eu.

Hamish balançou a cabeça.

— Faz três dias que não muda de posição. O sinal está vindo de um manguezal. Ela não tem voado para pescar nem para pousar em outros lugares. Não estou gostando.

Bati o pé no chão.

— Eu devia ter conferido — disse.

— Você não pode fazer nada — continuou Rob.

— Eu prometi — insisti. — Prometi a Iona que cuidaria de Íris.

— Rob tem razão — disse Hamish, e pôs a mão no meu ombro. — Você não pode fazer nada. As águias-pescadoras enfrentam muitos perigos. Só agora que as acompanhamos sabemos quantas sobrevivem à longa migração.

Balancei a mão de Hamish.

— Eu prometi — insisti.

— Callum... — disse Hamish.

— Vou dar um jeito — gritei. Desci pela trilha sulcada do lago, mas à minha frente só conseguia ver um labirinto de braços d'água penetrando no manguezal denso e verde.

Capítulo 25

— De jeito nenhum.

— Mas *por que* não? — perguntei.

Minha mãe bateu a panela na mesa.

— Para começar, não temos dinheiro para isso. Depois você vai precisar tomar montes de injeções e comprimidos contra malária semanas antes de sequer pensar em ir para lá. Além disso, meu Deus, você só tem 11 anos. A resposta é "não", Callum. Você não vai à Gâmbia. Ponto final.

Levantei-me.

— Não estou com fome — disse.

— Sente-se, Callum — ordenou meu pai, e pôs uma pilha de batatas no meu prato. — Mesmo que conseguíssemos ir lá, e daí? Não sabemos nada sobre o lugar. Como encontrá-la num manguezal? Seria como procurar uma agulha num palheiro.

— Então é isso, é? — gritei. — Desistir, só isso?

— É, Callum — disse meu pai. — É exatamente isso. Não podemos fazer nada daqui. Ela é uma ave selvagem. Você sabe disso.

Joguei a faca e o garfo na mesa e saí correndo para o meu quarto. Liguei o computador e procurei o sinal de Íris. Não se mexia há três dias. Como eu não tinha notado? Eu devia ter conferido. Devia ter conferido. Aproximei a imagem o máximo possível. Quase dava para ver as árvores uma a uma. Íris estava por ali, em algum lugar. Tive vontade de enfiar a mão no computador e pegá-la.

Talvez eu conseguisse chegar à Gâmbia sozinho. Procurei informações turísticas na internet. Havia montes de hotéis no litoral e acampamentos e pousadas ecológicas menores no interior, ao longo do rio. Todos tinham endereços e sites na internet.

É claro, era isso!

Precisava entrar em contato com alguém na Gâmbia que procurasse Íris.

Escrevi um e-mail atrás do outro para hotéis, pousadas, empresas especializadas em viagens para observação de pássaros. Mandei e-mail para o grupo de uma igreja, para um hospital. Tentei até mandar e-mail para o governo gambiano.

Agora, tudo o que podia fazer era esperar.

Meu pai me trouxe o jantar no quarto.

— Desculpe — disse. Pôs o prato na mesa ao meu lado.

— A culpa não é sua, sabe.

Suspirei.

— Eu devia ter conferido.

Meu pai abraçou meus ombros.

— Não é culpa sua Iona ter morrido.

Eu só fitei o azul profundo, profundíssimo da tela do computador.

Capítulo 26

No dia seguinte, Rob e Euan voltaram comigo da escola para casa.

— Recebeu alguma resposta? — perguntou Euan.

Fiz que não.

— Não, só dois e-mails que voltaram e outro anunciando voos e hotéis baratos.

Rob sentou-se à minha mesa.

— Então vamos — disse. — Vamos ver se alguém respondeu. — Ele ligou meu computador.

Euan e eu nos inclinamos sobre seu ombro. O computador levou séculos para iniciar.

Rob deu uma olhada nos meus e-mails.

Tomara que haja um e-mail, tomara, pensei.

Rob clicou no ícone de Enviar/Receber.

Eu não conseguia tirar os olhos da tela.

Recebendo mensagens
Uma mensagem recebida

De: Jeneba Kah
Enviada: 8 de outubro 15:30 GMT

Assunto: Olá, Callum

Olá, Callum

Meu nome é Jeneba Kah. O Dr. Jawara abriu seu e-mail, e me pediu que eu escrevesse pra você. Ele disse que seria bom para treinar outra língua. Acho que pode ser uma desculpa e o Dr. Jawara esteja querendo descansar das minhas perguntas. Talvez um dia eu estude medicina como ele, e alguém vá me fazer perguntas. Mas é bom, porque nunca usei computador.

Gosto da foto do seu pássaro.

Desculpe, não vi sua águia. Estou no hospital e muito longe do rio. Mas vi pássaros como ela pescando no rio perto da minha aldeia. Nós os chamamos de kulanjango. Gostam de pescar quando a maré sobe bem no rio, ou desce bem. Meu pai é pescador e sempre gosta de ver o kulanjango, ou águia-pescadora como você diz, voltar para casa. Eles trazem sorte para pegar muitos peixes. Quando meu pai e meu irmão vierem me visitar amanhã, vou pedir que procurem por ela.

A Escócia fica muito longe. Acabei de olhar no mapa. De Jeneba, 10 anos.
Você é uma menina ou um menino? Eu sou uma menina.

Rob bateu as mãos na mesa.

— Resultado! — gritou.

Euan fitou a tela.

— Você conseguiu — disse. — Você conseguiu mesmo.

Eu não conseguia parar de sorrir.

— Não dá para acreditar — comentei.

— Existe mesmo alguém lá que pode nos ajudar. Vamos achar Íris agora, eu sei que vamos achar.

— Responda, então — falou Rob.

— O quê, agora? — Me espantei. — A ela? A Jeneba?

Rob fez que sim.

— Ora, a quem mais?

Passei as mãos sobre as teclas do computador. Ergui os olhos para Euan.

— O que vou dizer?

Euan olhou para cima e suspirou.

— Diga apenas: "Muito obrigado e avisa pra gente quando achar Íris."

— Tudo bem — disse eu —, tudo bem. — Inspirei fundo e comecei a digitar...

De: Callum
Enviada: 8 de outubro 16:43 GMT

Assunto: Procurando Íris

Oi, Jeneba.

Muito obrigado e, por favor, me fale se encontrar a Íris. Callum (menino, 11 anos).

— Pronto — falei. — Está meio curto.

Rob se sentou na cadeira.

— Está bom — afirmou ele. — Agora é só mandar. Ficar olhando não adianta.

Cliquei no ícone de "enviar" e observei a mensagem sumir.

— Agora só podemos esperar — disse eu.

Procurei a posição de Íris depois do jantar, mas ela havia sumido totalmente da tela.

É quase hora de dormir, pensei. A bateria solar não está carregada, não pode mandar o sinal. Mas um medo mais profundo se remexia inquieto dentro de mim. Eu precisava acreditar no amanhã. Precisava acreditar que Íris ainda estava viva.

Capítulo 27

No dia seguinte, acordei com dor de garganta. Era um sábado frio e cinzento. Meu pai saíra cedo para a feira, e Graham tinha ido passar o fim de semana com amigos. Minha mãe me enrolou num edredom e me deixou na frente da TV. Mal me mexi o dia todo, a não ser para conferir os e-mails.

Recebi uma resposta de uma empresa de observação de pássaros dizendo que eles não iam àquela região do país.

Mas ainda nada de Jeneba.

Observei os ponteiros do relógio do vovô se arrastarem lentamente, dando voltas. A luz da tarde lá fora se desbotou em escuridão. A TV trombeteava desenhos animados, futebol, golfe e programas de brincadeiras. Meu pai voltou trazendo comida chinesa pronta e garrafas de Coca-Cola.

— Olhe quem está aqui — disse meu pai.

Hamish entrou e se sentou ao meu lado no sofá.

— Soube do seu e-mail — falou. — É fantástico. Você realmente fez contato com alguém que pode procurar Íris.

Dei de ombros.

— Parece um tiro no escuro — disse eu. — Ainda não recebi nada da menina gambiana hoje.

Minha mãe entrou com tigelinhas de macarrão chinês com frango e as pôs na mesinha diante da TV.

— Você falou que daria um jeito — disse Hamish.

— Deixei passar tempo demais — respondi.

— Isso você não sabe — retrucou papai. — Você chegou até aqui quando todo mundo já queria desistir.

— Escrevam isto! — riu mamãe. — Seu pai nunca admite que errou.

— E falo sério — disse meu pai. — Isso deixa tudo bem claro, não é? O que a gente consegue fazer quando realmente quer.

Hamish concordou e pegou uma tigela e um par de pauzinhos. Eu não estava com muita fome. Deixei-os assistindo a um programa de brincadeiras e arrastei o edredom escada acima.

Liguei o computador e esperei.

Só na hora de dormir chegou outro e-mail de Jeneba.

De: Jeneba Kah
Enviada: 9 de outubro 21:00 GMT
Assunto: Procurando Íris

Olá, Callum.
Nenhuma notícia. Sinto muito.

Meu pai e meu irmão foram pescar hoje e ficaram procurando Íris. Queria ter ido com eles, mas não posso. Um aluno de medicina americano chamado Max foi com eles. Usou o GPS para tentar encontrá-la. Max disse que foram até o lugar de onde veio o último sinal de Íris, mas ela não estava lá.

Os kulanjangos são muito importantes para os pescadores. Meu pai diz que vai visitar o marabuto. É o sábio da nossa aldeia. O marabuto é cego, mas vê coisas que os outros não conseguem ver. Talvez ele consiga achar a Íris.

Meu pai não pegou nenhum peixe hoje.

Espero poder te dar boas notícias amanhã.
Jeneba.

Telefonei para o celular de Hamish. Contei que não encontraram Íris no lugar do último sinal e que agora o sinal tinha sumido. Quase deu para ouvir o desapontamento de Hamish ao telefone. Ele disse que talvez a correia que prendia o transmissor tivesse arrebentado e se soltado. Elas são projetadas para acabar se rompendo. Talvez ela estivesse bem e ainda voando por lá.

Mas eu sabia que também podia estar na barriga de algum crocodilo.

Agora fazia cinco dias que Íris tinha parado de se mover. Não conseguia deixar de pensar que algo estava errado. Se ainda vivesse, agora estaria muito fraca de fome. Nosso tempo estava acabando.

Capítulo 28

De: Jeneba Kah
Enviada: 10 de outubro 06:30 GMT

Assunto: Procurando Íris

Olá, Callum.
Acabei de falar com Max na ronda da enfermaria agora de manhã. Ele foi com meu pai e os aldeões e visitou o marabuto ontem à noite. O marabuto mora numa cabaninha perto da aldeia, entre as plantações de amendoim e o manguezal. Max disse que o marabuto queimou folhas molhadas numa fogueirinha e encheu a cabana com uma fumaça doce que tinha cheiro de flor depois da chuva. Disse que o marabuto abriu os braços como asas e chamou o espírito das aves. A fumaça da fogueira saiu da cabana como

um grande pássaro branco e voou até a floresta. Max disse que nunca tinha visto nada igual. Acho que não existem marabutos na América.

Hoje o marabuto vai com meu pai no barco para achar Íris. Ele disse ao povo da minha aldeia que *viu* esse pássaro nos seus sonhos. Diz que ele leva nas asas o futuro da aldeia. Todo mundo da aldeia também vai procurar Íris.

O marabuto nunca erra.

Max vai junto. Vai levar a câmera para me mostrar as fotos quando voltarem.

O Dr. Jawara quer usar o computador, então escrevo mais tarde com notícias da Íris.

Sua amiga,
Jeneba.

A caminho da igreja, li o e-mail para meus pais.

— Para mim, parece meio feitiçaria — disse meu pai. — Sabe, coisa de pajés e tal.

— Talvez exista um espírito das aves — concluí.

— É meio imaginoso demais — comentou minha mãe.

— A igreja também, quando a gente pensa no caso — retruquei. — Precisamos acreditar no Espírito Santo e em montes de milagres e outras coisas.

— E temos mesmo — disse minha mãe.

Meu pai estacionou na frente do pátio da igreja.

— Vamos — chamou ele. — Vamos ver o que o marabuto Parsons vai nos dizer esta semana.

Minha mãe olhou meu pai de cara feia. Ri e segui os dois por debaixo do teixo, pelo caminho até a igrejinha.

O reverendo Parsons fez seu sermão no púlpito de madeira. O alto era esculpido no formato de uma águia com asas abertas. Talvez existisse um espírito das aves. Talvez o marabuto conseguisse mesmo ver Íris e senti-la. Fechei os olhos e tentei imaginá-la no manguezal. Pensei no último sinal que eu tinha registrado no meu diário. Tentei pensar no que poderia ter acontecido, onde ela estaria agora.

Íris se encostou com força na casca lisa do mangue. A maré enchente girou em torno das raízes emaranhadas, e peixinhos dardejaram dentro e fora das sombras. A dor pulsava em seu corpo, vindo da velha ferida no pé. Estava vermelha e inchada, vazando pus grosso e manchado de sangue. Seis noites tinham se passado sem que ela pegasse nenhum peixe.

Lá embaixo, uma cobra nadava pelas águas verdes, a cabeça acima da superfície, deixando para trás uma esteira sinuosa. A língua dardejou no ar, farejando, procurando a presa. Começou a deslizar na direção de Íris, que bateu as asas e se ergueu no ar parado e quente, acima dos mangues e do rio verde. A maré ondulava em suaves turbilhões em torno de montes redondos de lama, onde crocodilos cochilavam no calor. Insetos zumbiam no ar e um pescador se aproximava devagar no seu barco. Só a faísca dos peixes debaixo d'água quebrava a imobilidade.

Íris mergulhou. Caiu, as asas dobradas, as garras estendidas. A superfície plana e espelhada correu ao seu encontro. Um relâmpago prateado disparou no fundo, mas ela atacou e o pé bom agarrou o peixe.

Ela subiu do rio para uma sombra negra de garras e bico assassinos.

Íris torceu o corpo para se afastar. A águia-pesqueira africana inclinou o corpo perto da sua cauda, perseguin-

do-a pela água. Dava para ouvir o assovio de suas asas e a corrente de ar descendente. Ela largou o peixe. A outra águia o agarrou com as garras e subiu voando com a presa roubada.

Íris voou de volta para o manguezal e pousou numa velha árvore morta, à margem de um riacho. O corpo doía e a febre lhe tirava as forças. Ela se enfiou pela casca apodrecida até o tronco oco e se encostou na madeira úmida e fria. Fechou os olhos e caiu numa escuridão sem fim, cada vez mais fundo, num sono febril e sem sonhos.

Capítulo 29

Não consegui me concentrar em nada o dia inteiro. Verifiquei os e-mails depois da igreja, mas não havia nada. Também ainda não havia sinal de Íris.

— Você precisa de ar fresco — disse minha mãe. — Vai fazer a dor de garganta melhorar.

— Você podia trazer as ovelhas do campo de baixo — comentou meu pai. — Preciso dar outra olhada naquelas mancas.

Soltei Kip, nosso jovem cão pastor inglês. Ele era meio novo e entusiasmado demais quando meu pai o trouxe. Uns amigos com filhos pequenos nos visitaram certa vez, e Kip pastoreara todos eles até um dos estábulos. Mas agora ele praticamente só pastoreava ovelhas, ou então galinhas, para levá-las para o galinheiro.

Kip e eu descemos o vale, na direção da aldeia. O chão estava lamacento. Profundas marcas de pneu tinham se aberto na lama junto aos portões. Pisei com força nas poças, a água quase cobrindo minhas botas.

Então Kip já estava à minha frente, correndo na direção das ovelhas no outro lado do campo. Em geral, meu pai o levava com Elsie, a cadela mais velha, para que aprendesse com ela. Assoviei para Kip, mas o vento estava contra mim. Ele correu depressa demais, e as ovelhas se espalharam. Depois, ele não soube para onde ir. Assoviei de novo, e, dessa vez, ele escutou. Eu o levei para trás das ovelhas e mandei que se deitasse. As ovelhas se acalmaram e se agruparam de novo. Então, assoviei para que ele as trouxesse devagar. Ele era bom nisso também, indo por aqui, depois por ali, fazendo com que avançassem. Trotava depressa, a barriga baixa. Os olhos não saíam das ovelhas. Meu pai disse que era o velho instinto caçador dos lobos que se entranhara nos *border collies*. Sempre me espantava pensar em comportamentos tão profundamente entranhados no organismo, que acabavam fazendo parte inseparável dele. Como as águias-pescadoras e sua migração. Isso me levou a pensar no que estaria enterrado bem fundo dentro de mim.

Deixei Kip levar as ovelhas à minha frente morro acima até o quintal da fazenda. O vento frio soprou no meu rosto o caminho todo. As nuvens estavam baixas e cinzentas, deixando fiapos sobre o alto dos morros. Meu pai e Graham esperavam as ovelhas no terreiro. Prendi Kip de volta no canil, acrescentei mais palha e um punhado de biscoitos caninos e me enfiei de volta na cozinha.

— Fiz *tablet* — disse minha mãe.

O doce esfarelento de leite era o meu predileto. Peguei alguns pedaços e fui para o meu quarto.

De manhã, eu acreditei que o marabuto encontraria Íris. Mas agora isso parecia improvável. Mamãe tinha razão. Como conseguiriam encontrá-la em quilômetros e quilômetros de manguezal? Ela poderia estar em qualquer lugar.

Liguei o computador para olhar os e-mails.

Tinha outro de Jeneba, com um anexo.

Mal ousei abri-lo. Se fossem notícias ruins, seria difícil demais saber.

Cliquei no e-mail. Não havia mensagem nenhuma, só o anexo.

Prendi a respiração.

E o abri.

Íris me fitava diretamente na tela com seus brilhantes olhos amarelos. Um grande par de mãos bronzeadas se fechava em torno de seu corpo. As penas estavam arrepiadas e foscas, e uma das pernas pendia mole debaixo do corpo. Mas era Íris, com toda a certeza.

Estava viva.

Capítulo 30

— Incrível — disse Euan. — Pensar que realmente a encontraram. — No dia seguinte, ele se sentou diante do meu computador depois da aula para ver a fotografia de Íris.

— Você recebeu outro e-mail — falou Rob —, e outra foto.

De: Jeneba Kah
Enviada: 11 de outubro 15:30 GMT

Assunto: Íris

Olá, Callum,
Espero que tenha recebido a foto ontem. Max tirou com a câmera dele. O computador travou quando tentei mandar pra você, e o Dr. Jawara não ficou

muito contente. Mas Max consertou o computador e posso usar de novo.

Ontem foi um dia empolgante. Todos os aldeões saíram de barco com meu pai e o marabuto. Eu queria ter ido também. Max me mostrou as fotos. Ele disse que foi como uma grande festa. O marabuto ordenou a eles que procurassem na floresta densa e em árvores podres. Avisou que ela não estava muito longe de onde meu pai e Max procuraram ontem.

Todos procuraram por ela a tarde toda. Meu irmão achou Íris numa árvore oca e podre.

Ontem os pescadores pegaram muito peixe. Íris trouxe boa sorte.

Max está cuidando de Íris num telheiro junto do seu apartamento. Ela está muito fraca. Ele está dando peixe amassado com um tubo diretamente no estômago porque ela está doente demais para se alimentar. Tem um velho corte no pé que inflamou, e Max está dando antibióticos para ela.

Max queria trazer Íris até a enfermaria para me mostrar, mas Mama Binta ficou muito zangada com ele. Ela disse que não queria "galinhas pescadoras" na sua enfermaria. Para Mama Binta, todas as aves são galinhas. Semana passada, três bodes entraram no hospital e roeram uns cobertores. Mama Binta ficou tão danada com aqueles bodes velhos que acho que ela quase os jogou na panela.

Mama Binta é a enfermeira-chefe daqui. Ela vê tudo. Se o hospital não ficar limpo e imaculado, ela fica igual a um crocodilo com dor de dente. Até os médicos têm medo dela.

Ela diz que eu incomodo todo mundo fazendo perguntas demais e deixando as outras crianças da enfermaria acordadas. É por isso que ela me leva para a sala do Doutor Jawara para eu escrever pra você.

Estou ouvindo Mama Binta vindo me buscar, por isso agora preciso ir. Anexei outra foto que Max tirou.

Escrevo quando puder sobre Íris.

Sua amiga, Jeneba.

Cliquei no anexo, querendo ver Íris de novo, como se precisasse de mais provas de que estava viva. Mas não era Íris. Era a foto de uma menina de pele marrom-escura e um dos maiores sorrisos que eu já vira.

Era Jeneba.

— É ela mesmo? — perguntou Euan, tirando a cabeça de Rob da frente.

— Acho que sim — respondi.

Todos olhamos a foto. Jeneba estava sentada numa cama de hospital, com dois gessos imensos nas pernas. Outra criança, muito mais nova, dormia ao lado dela no mesmo leito. A cama parecia velha, como algo saído de uma loja de antiguidades. A ferrugem vermelha aparecia atrás da tinta branca lascada. Ao fundo, havia uma enfermeira gorda vestida com um uniforme azul, inclinada sobre outra cama. Três crianças pequenas estavam nessa cama. Um menino parecia tão pequeno, tão magro. Estava preso a uma bolsa grande de líquido transparente acima da cabeça por um tubo comprido que ia até o braço. Parecia profundamente adormecido, quase morto. Além das fileiras de camas havia uma porta aberta que dava para o sol forte.

— Meio cheio por lá — disse Rob. — Eles não têm camas suficientes?

— Aqui na Escócia é igual — comentou Euan. — A operação da minha avó foi cancelada três vezes porque não tinha leito.

Rob fez uma careta.

— Ugh! Imagine ter de dividir o leito com sua avó.

Euan estremeceu.

— Acho que ia preferir morrer.

Empurrei Euan para ver melhor a foto de Jeneba.

— O que vocês acham que aconteceu com as pernas dela? — perguntei.

Euan deu de ombros.

— Crocodilo — disse Rob.

— O quê?

— Aposto que foi mordida por um crocodilo — falou Rob. Ele estalou as mãos. — Acontece o tempo todo por lá. Vi na TV. Num minuto ela estava passeando perto do rio para buscar água, no minuto seguinte... nhac!

— Isso você não sabe — falei.

— Aposto qualquer coisa que foi um crocodilo — afirmou ele, que se inclinou e começou a escrever uma mensagem no computador.

De: Callum, Rob e Euan
Enviada: 11 de outubro 18:50 GMT

Assunto: Crocodilo

Oi, Jeneba.
Meu nome é Rob e sou amigo de Callum.

Suas pernas foram mordidas por um crocodilo? Vi um programa na TV onde um homem escapou de um crocodilo furando o olho dele com uma varinha. Como você fez?

Obrigado por salvar Íris.

De Rob.

— Você não pode mandar isso — disse eu.
Rob clicou em Enviar/Receber e riu.
— Já mandei.

CAPÍTULO 31

De: Jeneba Kah
Enviada: 12 de outubro 21:30 GMT

Assunto: Íris

Oi, Callum
Fala pro Rob que não lutei com nenhum crocodilo,
mas que vou me lembrar de furar o olho de um deles se isso acontecer.

Estou no hospital porque fui atropelada por um
caminhão. Ele derrapou na lama na estação das
chuvas e quebrou minhas pernas. Estou com gesso
esperando que sarem.

Sinto saudade da aldeia, mas não é tão ruim assim
aqui no hospital. Faço amizade com as crianças

novas que vêm para a enfermaria. Finjo que sou médica e tento adivinhar o que elas têm. À noite, Max se senta na minha cama e me mostra figuras dos livros de medicina dele. Max sabe que um dia quero ser médica. Ele diz que torce para eu não ser tão assustadora como Mama Binta.

Mariama me trouxe o dever de casa da escola e yassa de frango hoje, então tive sorte dupla. *Yassa de frango* é o prato especial dela, o meu predileto. Mariama ajudou a cuidar de mim quando eu era pequena, depois que minha mãe morreu, mas também é professora da escola. Tive uma hora de aula de matemática com ela. Foi muito divertido. Perder as aulas é a pior coisa de estar no hospital.

Max tirou algumas fotos da minha aldeia pra te mandar. Espero que goste da foto do peixe que meu irmão caçula pegou para Íris.

Como é a Escócia? Max disse que é frio e chuvoso, e que as pessoas só comem uma coisa chamada *haggis*. O que é *haggis*?

Vou mandar notícias de Íris todo dia.

Sua amiga,
Jeneba.

No dia seguinte, na escola, mostrei o e-mail e as fotos a Rob e Euan.

— Ela é maluca — disse Rob. — Eu quebraria minhas pernas só para poder *faltar* à escola.

— Ah, isso é que é peixe! — comentou Euan. — Imagine puxar isso da água.

A foto mostrava um menininho, de 7 ou 8 anos no máximo, segurando um peixe comprido e prateado. O menino precisou ficar na ponta dos pés para a cauda não encostar no chão.

Dei uma olhada nas outras imagens. Max tinha tirado fotos da aldeia de Jeneba. Havia muitas cabaninhas redondas e prédios de tijolo vermelho em torno de uma praça. O céu parecia de um azul muito profundo, e a terra vermelho-ferrugem, seca e poeirenta. Debaixo de uma árvore barriguda havia um grupo de homens, escondido pela sombra. Em plena luz do sol, as mulheres, com roupas estampadas de cores vivas, arrumavam frutas e hortaliças para vender.

A última era de Íris no telheiro de Max.

— Isso explica por que não recebemos os sinais de Íris — falou Euan. — Ela está num telheiro escuro.

— Na verdade, dá para ver o transmissor nas costas dela e a antena comprida aparecendo — comentou Rob. — Ela já estaria morta se não fosse isso.

Concordei.

— Agora ela vai melhorar — disse eu. — Sei que vai.

— Podíamos mandar algumas fotos da Escócia pra Jeneba — sugeriu Euan.

— Grande ideia. Podemos tirar uma foto do ninho de Íris — sugeri. — Vou pedir a câmera da minha mãe emprestada depois da escola.

Ela estava à mesa da cozinha, fazendo a contabilidade da fazenda. Então nos entregou a camerazinha digital que levava na bolsa.

— Tirem fotos de vocês também. Jeneba vai gostar de ver como vocês são.

Graham se inclinou do outro lado da mesa e se serviu de mais um pedaço enorme de bolo de chocolate.

— Ela não vai querer ver o focinho feio de Callum — disse, deixando cair migalhas grudentas sobre a papelada. — Vai dar pau no computador outra vez. E eu nem sabia que havia computadores em Uganda.

— Gâmbia — falei. — Hoje todo lugar tem computador.

Minha mãe espanou as migalhas das folhas de papel.

— Você está à toa agora, não é, Graham? Faça algo de útil e leve Callum e os amigos no Land Rover para tirar fotos da fazenda antes de escurecer.

Graham olhou para cima e suspirou.

— Então vamos — disse. Pegou as chaves do Land Rover e seguiu para a porta.

Graham nos levou pela fazenda toda. De repente, viramos competidores de *rally*. Tenho certeza de que minha mãe teria um troço se visse os cavalos de pau que ele deu.

Mas tiramos fotos ótimas da fazenda. Graham tirou uma fotografia nossa com as montanhas ao fundo, e fotografei o ninho de Íris na ilha do lago. Quando voltamos à fazenda, minha mãe tinha descongelado um *haggis* — uma típica buchada escocesa: bucho de carneiro recheado com miúdos bem temperados e farinha de aveia — para fotografarmos também.

Naquela noite, baixei as fotos para o computador e anexei todas a um e-mail. Cliquei em Enviar e, numa fração de segundo, nossas fotos da Escócia foram voando pelo ciberespaço até Jeneba e Íris. Até a África.

Depois disso, todos os dias Jeneba escreveu sobre Íris e mandou mais fotos tiradas por Max. Íris parecia cada vez mais forte com o passar dos dias. As penas ficaram brilhantes e lustrosas. Havia uma foto dela em pé num pedaço de pau, lubrificando as penas. Tinha de ser bom sinal. A velha ferida no pé também parecia melhor. As primeiras fotos mostravam um inchaço grosso de carne vermelha coberta de terra e a pele do pé manchada e escura. Agora, quase duas semanas depois, as imagens mostravam que a ferida tinha quase sarado.

Max também tirara mais fotos e fizera pequenos vídeos da aldeia e do rio. Dava para sentir que eu estava mesmo lá. Quase conseguia me imaginar andando até o rio largo e verde, onde os compridos barcos de pesca de madeira ficavam na lama da maré baixa. Quase conseguia sentir o sol quente africano no rosto e ouvir os sons da aldeia, de crianças brincando e de mulheres pilando sorgo e painço. Eu quase estava lá.

Quase.

Naquela noite, havia mais um e-mail me esperando.

De: Jeneba Kah
Enviada: 25 de outubro 20:40 GMT

Assunto: Íris

Oi, Callum.

Amanhã é um dia muito bom. Max decidiu libertar Íris. Ele diz que agora ela está forte e precisa voltar para a vida selvagem. Vai libertá-la ao amanhecer para ela ter o dia inteiro para pescar.

O Doutor Jawara diz que vai tirar o gesso da minha perna amanhã, e eu também vou ficar livre.

Estou empolgada demais para dormir. Mas Mama Binta disse que, se eu for dormir, ela me deixa ver Max soltar Íris amanhã. Acho que talvez Mama Binta não seja tão brava quanto parece.

Escrevo amanhã à noite, com boas notícias.

Sua amiga, Jeneba.

CAPÍTULO 32

Voltei correndo da escola para casa no dia seguinte para ver os e-mails. Mas não havia nada. Fiquei quase a noite toda na frente do computador, e nenhuma notícia de Jeneba. Nem no dia seguinte nem no outro. Mandei mensagens, mas não recebi resposta.

Sentei-me com Rob e Euan na sala de informática da escola. A gente precisava pesquisar a Revolução Francesa.

— Talvez tenha faltado luz por lá — disse Euan.

— Você conferiu onde está Íris? — perguntou Rob. — Se a libertaram, a gente deve receber o sinal, não é?

Eu não conferi. Nem tinha pensado nisso.

Euan ficou de olho na professora, e digitei o código de Íris.

O sinal dela veio claro e forte. Mostrava que ela cruzara o rio diante da aldeia de Jeneba na manhã de segunda-feira e passara o dia todo num riachinho. No dia seguinte, voara para o norte, ao longo do litoral, perto da fronteira do Senegal.

— Eles conseguiram — disse Euan. — Eles a libertaram mesmo.

— Mas não temos notícias de Jeneba — lamentei.

Euan espiou por cima do meu ombro.

— Só podemos esperar.

Tivemos de esperar mais uma semana até recebermos um e-mail.

De: Jeneba Kah
Enviada: 3 de novembro 16:00 GMT
Assunto: Íris

Oi, Callum,

Desculpa não ter escrito, mas não estive bem. Tiraram o gesso das minhas pernas, mas as fraturas de uma das pernas estão muito mal, e meus ossos não sararam. Tenho uma grande infecção e isso me deu febre. O Dr. Jawara acha que vai precisar amputar minha perna.

Meu pai visitou o marabuto ontem à noite. O marabuto teve outra visão. Dessa vez, ele me viu andando bem acima do mundo, por cima de um oceano de nuvens brancas. Meu pai acha que isso significa que vou morrer. O marabuto nunca erra. O que mais me assusta é saber que nunca mais vou andar.

Mandei uma foto da Íris no dia em que a gente libertou ela. Max deixou que eu soltasse Íris. Fiquei muito feliz de ver Íris sair voando com as suas asas grandes e fortes. Queria ir atrás dela até o céu. Todos os aldeões estavam lá e deram vivas e bateram palmas. Até os olhos de Mama Binta ficaram vermelhos e cheios d'água. Ela disse que tinha um cisco no olho, mas Max e eu não acreditamos.

Escrevo quando puder. Penso em você e em Íris todos os dias.

Sua amiga, Jeneba.

Abri o anexo. Era uma foto boa, uma foto de Íris em movimento, explodindo das mãos de Jeneba, asas enormes abertas, e os olhos amarelos e intensos fixos no céu lá em cima. Era quase uma cópia exata do mesmo momento em que Iona e eu libertamos Íris tantos meses atrás. Eu deveria ter sentido a mesma emoção ao ver a foto de Íris sendo libertada, mas não senti.

Em vez disso, só senti uma dor surda no fundo do peito. Jeneba estava a milhares de quilômetros. Estava muito doente. E, de repente, me senti total e completamente impotente.

CAPÍTULO 33

— Não entendo por que não conseguem consertar as pernas dela — disse Rob. — Quero dizer, aqueles pilotos de corrida são esmagados e têm toneladas de metal nas pernas. A gente vê os raios X deles no jornal, montes de parafusos e barras de metal segurando os ossos no lugar.

— Talvez a família dela não tenha dinheiro — disse Euan.

— Tenho 400 libras na poupança — falei. — Minha mãe disse que só posso usar quando for mais velho, mas vou usar para ajudar.

— Tenho umas 20 libras — disse Rob. — Quanto será que custa?

— Escreva e pergunte — sugeriu Euan. — É o único jeito.

Escrevemos. Rob e Euan estavam jogando no computador do meu quarto quando recebemos a resposta.

De: Max Walker
Enviada: 6 de novembro 14:20 GMT
Assunto: Jeneba

Oi, Callum,
Quem está escrevendo é o Max. Jeneba está muito
mal. A febre subiu muito, e o Dr. Jawara acha que
ela pode estar com malária também. Sinto muito,
mas não posso mostrar seu e-mail a ela, pode lhe
dar falsas esperanças. No seu país ou nos Estados
Unidos, talvez ela pudesse passar por uma cirurgia
para recuperar a perna. Mas estamos na África.
Neste hospital, trabalhei com excelentes médicos
e enfermeiras, os melhores que já conheci. Traba-
lham duro, contra todas as probabilidades. Mas só
podem trabalhar com o que têm. Este é um país
pobre, e os hospitais não podem pagar o equipamento nem a formação necessária para procedi-
mentos tão complicados.

Mas você e seus amigos foram muito gentis de ofe-
recer o dinheiro de vocês.

Jeneba é uma pessoa especialíssima. Se houvesse
alguma coisa que pudéssemos fazer, faríamos.

Por favor, continue a escrever. Sei que ela gosta de
receber notícias suas

Max.

— Então é isso — disse eu a Rob e Euan. — Não podemos fazer nada. Íris vai voar de volta à Escócia, mas Jeneba nunca mais vai andar.

Euan deu de ombros e despencou na minha cama.

Mas Rob começou a rir.

— Qual é a graça? — perguntei.

— Pare com isso, Rob — disse Euan, dando-lhe um pontapé.

Rob sentou-se ereto na cama, tentando recuperar o fôlego.

— É tão simples! — disse. — Jeneba pode voar para a Escócia, igual a Íris.

— Cale a boca, Rob. — Agora eu estava zangado com ele. — Isso não tem graça nenhuma. Você é maluco.

Rob riu de novo e me deu um tapa na cabeça.

— DE AVIÃO... DÃ...

— O quê? — perguntei.

— De avião — disse Rob. — Pagamos a passagem dela para cá, e aí ela pode se tratar na Escócia.

— Fantástico — falei.

— Vamos precisar de mais dinheiro — disse Euan.

— Então vamos levantar mais dinheiro — sugeri. — Como na feira da escola. Tenho certeza de que minha mãe faria uns bolos.

— E eu poderia pescar alguns peixes — falou Euan.

— De quanto dinheiro precisaríamos? — perguntou Rob. Dei de ombros. Não sabia.

— Pegue papel e caneta, Callum — pediu Euan. — Vamos calcular quantas barraquinhas precisaremos.

CAPÍTULO 34

Depois de uma semana correndo atrás, aprontamos tudo. Meus pais pagaram para usar o salão da aldeia. Graham e eu passamos pelas fazendas e aldeias com o trailer para recolher objetos que as pessoas não queriam mais. Tínhamos vários televisores usados, um aparelho de jantar, roupas, brinquedos e uma grande gaiola com duas galinhas para vender. A maioria ficou contente de se livrar de algumas coisas antes do Natal.

Rob imprimiu cartazes e folhetos para anunciar a feira e passou por todas as casas, colocando-os nas caixas de correio. Nos folhetos, pôs uma foto de Jeneba com gesso na perna e, no estilo típico de Rob, escreveu: "Ajudem a salvar a perna de Jeneba antes que a cortem".

Euan saíra cedíssimo e conseguira pescar duas trutas gordas no rio. Minha mãe assara bolos e biscoitos suficientes para alimentar um exército, e meu pai preparou uma rifa do seu uísque predileto. Hamish acrescentou ao prêmio da rifa um ano de entrada grátis na reserva natural onde trabalhava. Foi muito adequado que, na frente do folheto da reserva, houvesse a foto de uma águia-pescadora que fazia ninho lá.

Eram quase duas horas e já dava para ver uma fila de pessoas do lado de fora do salão da aldeia, esperando para entrar. Minha mãe estava preocupada com a chaleira elétrica, e as mães de Euan e Rob arrumavam mesas e cadeiras.

Estávamos quase abrindo quando Rob entrou pela porta dos fundos. Trazia consigo a bicicleta.

— Leve isso para fora — bronqueou a mãe dele. — Não queremos lama aqui.

Olhei na direção de Rob. A bicicleta não estava enlameada. Não havia lama nenhuma. Ela estava limpíssima, faiscante como nova.

— Ponha à venda — disse Rob, baixinho.

— Está brincando? — perguntei.

Ele fez que não.

— Tem de vender por quatrocentos, ok? Por menos, não — disse.

— Tem certeza? — Não dava para acreditar.

— Vai fundo. — Foi a resposta. Ele passou a mão pelo guidom, virou-se e saiu correndo do salão, bem na hora em que os primeiros fregueses entraram.

No início foi caótico. Todos remexiam pilhas de roupas, livros e DVDs. O chá e o café venderam bem, os bolos da minha mãe também. Eu estava numa barraquinha de CDs e equipamento eletrônico de segunda mão. Estava até com a bicicleta de Rob ao lado. Muita gente se interessou, mas ninguém se ofereceu para comprá-la. Minha mãe veio me trazer algo para beber e uma fatia de bolo de chocolate.

— Está indo bem. — Sorriu minha mãe.

— Quanto você acha que levantamos? — perguntei.

Mamãe deu de ombros.

— Não sei, mas acho que só de chá e café foram mais de 100 libras.

Ela serviu os fregueses enquanto eu mastigava o bolo. Não dei muita atenção à barraquinha até ouvir a voz de minha mãe:

— Olá, Sr. McNair, como vai?

Ergui os olhos. O avô de Iona estava na frente da barraquinha. Parecia menor do que eu me lembrava, mais curvado. Ele remexeu o bolso do casaco atrás da carteira e a segurou nas mãos acastanhadas, de pele grossa. Elas tremiam muito.

— Fico com a bicicleta — disse.

Minha mãe sorriu e disse:

— Acho que ela é meio cara.

O Sr. McNair abriu a carteira e puxou algumas notas. Colocou-as no balcão, contando de vinte em vinte.

— Sr. McNair... — protestou minha mãe.

— Está tudo aí — falou. — Quatrocentas libras.

— É muito dinheiro... o senhor não pode... — disse ela.

O Sr. McNair puxou outra nota de 10 libras e a bateu no balcão.

— E levo também as duas trutas da outra barraquinha.

Ele pôs o peixe numa sacola plástica, pegou a bicicleta de Rob pelo guidom, saiu do salão e sumiu. Minha mãe recolheu o dinheiro e o fitou. Eu não sabia como contar a Rob.

Capítulo 35

À s cinco da tarde, o salão da aldeia estava vazio. Restavam algumas caixas de livros e uma sacola de roupas velhas, mas tínhamos vendido quase tudo.

Minha mãe fez um chá novo e nos sentamos para comer o resto dos bolos e contar o dinheiro. Havia pilhas de moedas e sacos de notas. Rob e o pai se juntaram a nós bem no finalzinho.

— Bem, o total geral é... — disse Hamish com um grande sorriso — mil, quatrocentas e sessenta e duas libras e oito pence.

Todos os adultos deram vivas. Mas eu, não. Não bastava. Tínhamos descoberto, no final da semana, que não era tão simples assim trazer Jeneba até aqui. Ela não era britânica, e o tratamento teria de ser pago, e custaria dezenas de milhares de libras. Fui me sentar na mesma mesa que Rob e Euan.

— É um bom começo — disse Rob. — Podemos arranjar mais.

Concordei. Não queria que Rob pensasse que vendera a bicicleta à toa.

— Então, vendeu? — perguntou Rob.

— Sinto muito — disse eu.

Euan balançava a cabeça, incrédulo.

— Ainda não consigo acreditar que você fez isso — disse. — Quero dizer, aquela bicicleta fazia parte de você. O que fará sem rodas?

Rob afundou-se mais na cadeira.

— Ainda tenho pernas — disse, com um meio-sorriso. — Acho que vou precisar começar a correr.

Já estava escuro quando acabamos de limpar o salão e guardar as cadeiras. Fomos para o estacionamento enquanto minha mãe trancava a porta.

Euan me cutucou.

— Olhe ali — disse.

Olhei para o outro lado da rua. Debaixo do poste de luz, estava o Sr. McNair com a bicicleta de Rob.

Rob também notou, mas ficou de cabeça baixa e seguiu o pai até o carro.

O Sr. McNair veio até nós, trazendo a bicicleta, e fitou Rob debaixo das sobrancelhas peludas. Houve um silêncio estranho.

Ele não tirava os olhos de Rob.

— Então você é Rob, o menino de boca cruel e grandes rodas — disse. — Boca cruel e nenhuma educação, pelo que já me disseram.

O Sr. McNair estava muito perto de nós. Dava para ver as veias fininhas no branco dos olhos e as rugas e a barba malfeita na pele do rosto.

Rob olhou para a bicicleta e depois para o chão.

— Vamos — disse o pai de Rob, puxando-o para longe.

O Sr. McNair empurrou a bicicleta para mais perto, quase tocando Rob. O tique... tique... tique... do giro das rodas soava alto no silêncio.

— Parece — disse ele — que você recuperou a boa educação.

Rob virou-se para olhá-lo.

O Sr. McNair o fitou irritado.

— É melhor ficar também com sua bicicleta. Ela não me serve. — Ele empurrou a bicicleta para as mãos de Rob e deu um tapinha na sacola plástica com o peixe de Euan. — Mas com estes eu fico. Faz muito tempo que não como truta fresca. — Ele enfiou a sacola debaixo do braço e se afastou, arrastando os pés pela rua escura.

— Espere — chamou minha mãe. — Sr. McNair... Talvez eu possa preparar essas trutas para o senhor. Com um pouco de manteiga e salsa...

O Sr. McNair se virou e fez que sim.

— Ora, Sra. McGregor, seria maravilhoso.

Dei uma olhada em Rob. Ele estava sem fala.

— Agora você vai precisar voltar para casa pedalando — disse o pai.

Rob sorriu, um sorriso grande e largo. Passou a perna sobre a bicicleta e deu uma volta no estacionamento, subindo e descendo as laterais gramadas.

CUIDADO! — gritei.

Um carro entrou a toda no estacionamento e parou cantando pneus ao nosso lado, os faróis altos, exuberantes. Uma moça loura e bem-vestida abriu a porta.

— O salão da aldeia é aqui? — perguntou.

Meu pai fez que sim.

Ela sorriu para todos nós.

— Estou procurando Callum McGregor — disse ela.

Todos olharam na minha direção.

— Sou eu.

Ela estendeu a mão.

— Karen Burrows — disse. — Soube que há uma feira da aldeia aqui.

— Acho que já acabou — respondi. — A senhora perdeu.

— Ah, é? — Ela ergueu as sobrancelhas. — Não importa. Sou do *Highland Chronicle*. Quero escrever uma reportagem sobre a sua campanha.

Eu conhecia o *Highland Chronicle*, era o jornal da região, com notícias locais, eventos e anúncios.

— Desculpe, mas a senhora chegou atrasada — falei.

— Não é isso — continuou. Ela pegou o bloco e o gravador no carro. Sorriu para mim, um sorriso do tipo que guarda segredos conhecidos. — É que me disseram que você está juntando dinheiro para uma menina africana...

Concordei, mas um nó apertado se formou na boca do estômago.

— ...e — disse ela — tudo aconteceu por causa de uma águia-pescadora que você salvou aqui na Escócia. É verdade?

CAPÍTULO 36

— Como aquela repórter sabia tudo sobre a águia-pescadora? — perguntei. — Não contamos a ninguém.

Estávamos no estacionamento do salão da aldeia observando as luzes de ré do carro de Karen Burrows sumirem pela rua.

Euan olhou para o pai, depois para mim.

— Acho que fui eu — disse. — Não foi de propósito. Eu estava conversando sobre a campanha com um dos entregadores de jornal na loja do meu pai. Contei que a menina gambiana tinha achado uma águia-pescadora, mas não que a águia era daqui. Isso eu nem falei direito.

— Pois aquela mulher vai colocar tudo no jornal na semana que vem — concluí.

Hamish se meteu entre nós.

— Ela não sabe onde você mora.

— Ainda não — retruquei, zangado. — Aposto que logo vai ter gente espiando tudo na fazenda. Quando Íris voltar, não vai mais estar em segurança.

— É só um jornaleco local publicando o caso — afirmou meu pai. — É bem difícil que vire notícia nacional.

— É, mas basta uma pessoa para furtar os ovos — disse eu, irritado.

Meu pai abriu a porta do carro.

— Venha, vamos para casa. Foi um dia cansativo.

O *Chronicle* publicou a notícia na segunda-feira. Meu pai me mostrou o jornal quando voltei da escola. Fiquei aliviado ao ver que não estava na primeira página. Era uma noticiazinha no meio do jornal, com a figura de uma águia-pescadora e o cartaz que Rob fizera.

— Viu? — perguntou meu pai. — Quem piscar nem vê.

— Acho que você tem razão — respondi.

— Sempre tenho razão — concordou meu pai com um sorriso.

Digitei o código de Íris no computador. Queria dizer a ela que podia voltar em segurança. Queria que ela voltasse para cá, para a fazenda. Agora eu conferia a posição dela todos os dias. Era como se manter a ligação a mantivesse viva, como se ela soubesse que eu estava lá, observando-a. Ela ainda estava na Gâmbia, perto do litoral. As fotos mostravam longas praias largas de areia e deltas de rios com manguezais. O sinal dela cruzava o mesmo braço de rio de um lado para o outro havia uma semana. Hamish disse que a primeira semana depois da soltura era a mais difícil. Era ganhar ou perder. Mas Íris conseguira. Ainda voava, ainda caçava. Estava viva.

Eu sentia falta dela. Fazia séculos que não ia olhar o ninho. Prometi a mim mesmo que me levantaria cedo no dia seguinte para ver se a tempestade tinha feito algum estrago. Na verdade, era uma desculpa para subir lá. Depois de uma semana organizando a feira, eu só queria ficar um pouco sozinho lá no alto do morro. Peguei a jaqueta e as meias grossas e ajustei o despertador para as seis e meia.

Acordei antes do despertador. Lá fora ainda estava escuro e silencioso. Desenhos de samambaias feitos pelo gelo faiscavam na janela à luz da meia-lua. Levantei-me, vesti várias camadas de roupa e desci para a cozinha. Ali estava quente com o calor do fogão. Arranquei um pedaço do pão que minha mãe tinha deixado de fora, calcei as botas e escapuli para o quintal.

A luz estava acesa num dos estábulos. Meu pai já estava de pé, olhando as ovelhas. Ouvi o farfalhar da palha quando Kip veio me cumprimentar. O rabo batia nas paredes de madeira do canil, a respiração branca se condensava no ar frio.

— Então vamos — disse eu. Abaixei-me para soltar a corrente e passei a mão pela pelagem grossa de inverno. Ele lambeu meu rosto e latiu. Pus a mão sobre seu focinho. — Psiu, Kip, sem barulho. — E, como se entendesse, ele foi andando em silêncio à minha frente para fora do quintal e seguimos a trilha que levava ao lago.

Eu adorava a fazenda antes do amanhecer. Era um lugar diferente. As poças com casquinha de gelo refletiam a luz da lua e iluminavam o caminho. O contorno dos morros era suave e escuro, como ondas no mar à meia-noite, e a floresta era uma mancha de negrume tão profundo que parecia impossível entrar nela. Não havia cores, só a profundeza do azul.

Eu estava sem fôlego quando cheguei ao lago. A lua brilhava como uma bola branca na água. Não consegui distinguir o ninho direito. Estava quase escondido, visto do chão. Se não soubesse que estava lá, não o encontraria.

Pensei em ir até a casa na árvore, só para olhar. Mas não conseguiria. Iona e eu nunca chegamos a passar a noite lá. Sentei-me numa pedra plana que se projetava sobre o lago e mastiguei o pedaço de pão que tirei do bolso.

Uma luz pálida se espalhava pelo céu a leste, e a fazenda noturna desbotava. As cores se fundiram lentamente no dia, os verdes-claros dos campos, os marrons turfosos do lago e as tiras da promessa de sol entre as nuvens.

Talvez Iona e eu tivéssemos nos sentado ali, naquela pedra, e assistido a uma aurora bem como essa. Talvez.

Joguei a casca para Kip.

— Vamos — chamei. — Tenho aula, e você precisa trabalhar com papai hoje.

Pulei da pedra e assoviei para Kip, mas ele estava absolutamente imóvel, fitando o vale lá embaixo, as orelhas erguidas.

— Vamos — chamei novamente. Ele me seguiu pelo caminho junto ao rio, mas parou de novo. Um rugido grave se formou em sua garganta, e os pelos de sua nuca se eriçaram.

Kip viu o homem antes de mim.

Era raríssimo haver caminhantes e excursionistas na fazenda. Pelo menos, não a essa hora da manhã.

Nós nos encontramos numa curva, onde o caminho era íngreme. Pedrinhas soltas escapuliam sob os pés do homem.

— Olá — disse ele. Tinha um sotaque elegante do sul. Sorriu como se esperasse me encontrar ali.

— Callum McGregor, não é?

Fiz que sim.

Ele ergueu a câmera. Era uma das grandes, com uma lente enorme.

— Posso tirar uma foto sua? Estou fazendo uma reportagem sobre a águia-pescadora que você salvou.

Deu para sentir Kip se apertar na minha perna.

— Preciso ir embora — falei. — Perdi umas ovelhas. — Passei por ele e corri pela trilha abaixo. Quando me virei no sopé do morro, pude vê-lo descendo a trilha também. Corri o mais depressa possível de volta para casa. Tinha de contar a minha mãe, meu pai e Hamish. Precisava contar que havia alguém espionando a fazenda.

Cheguei correndo ao quintal. Minha mãe estava de cara feia na porta dos fundos.

— O pai de Euan acabou de ligar — disse ela. — Há câmeras de TV e jornalistas enchendo a aldeia inteira. É com você que querem falar. É melhor irmos para lá.

CAPÍTULO 37

Meu pai parou na rua atrás do salão da aldeia. Dava para ver que o estacionamento estava cheio de jornalistas e equipes de reportagem. A Sra. Wicklow estava em pé na entrada dos fundos do salão, acenando para entrarmos. Minha mãe, meu pai, Graham e eu pulamos a cerca dos fundos e entramos no salão.

Parecia que todo mundo da aldeia estava amontoado ali. Dava para ouvir os repórteres batendo à porta.

— É notícia grande — contou o pai de Euan. — Parece que todo mundo quer saber. — Ele balançou a cabeça. — Há mais repórteres a caminho daqui. Vem até uma equipe da CNN. Agora é notícia mundial.

— Desculpe — disse Euan.

A Sra. Wicklow pôs a mão no meu braço.

— Não vamos dizer nada sobre a águia-pescadora da sua fazenda.

Olhei os rostos em volta me observando.

— Ah, então todo mundo sabe, não é? Então é melhor eu levar os repórteres até o lago agora.

— Mas eles não sabem onde está o ninho — disse Euan.

— E ninguém aqui vai mostrar a eles — afirmou o pai de Rob.

Olhei todo mundo de cara feia.

— Não vai demorar muito para descobrirem. Íris nunca mais vai estar a salvo.

Nesse momento, houve um som de algo rachando e as portas se escancararam. Os repórteres e câmeras inundaram o salão.

Euan me pegou pelo braço.

— Não diga nada — sussurrou. — Rob e eu temos um plano. Espere por nós. Não diga nada. — Vi os dois abrirem caminho pela multidão e sair ao ar livre.

— Lá está ele.

Virei-me e vi o repórter alto que encontrara no morro andando na minha direção. Ele ergueu a mão.

— Este é o menino que pode nos contar tudo.

Recuei. De repente, todas as câmeras apontavam para mim. Umas dez pessoas faziam perguntas, todas ao mesmo tempo. Tudo pareceu ficar devagar e depressa ao mesmo tempo. Ouvi minha mãe me chamar atrás da multidão. Parecia muito longe. Uma mulher me pegou com gentileza pelo braço e me levou para fora.

— Por aqui, Callum. — Ela sorria. Eu a segui, me espremendo entre casacos, paletós e câmeras.

Acabei em pé diante de uma câmera de TV, ao lado da moça sorridente.

— Estamos ao vivo na TV — disse ela. — Todo mundo quer conhecer sua história extraordinária.

As câmeras trabalhavam, e ela falava. E contei a ela sobre Jeneba, da arrecadação de fundos para pagar a operação dela aqui e sobre os aldeões gambianos que, com os sinais de satélite, acharam no manguezal a águia-pescadora.

— E essa águia-pescadora — disse ela, ainda sorrindo.

— Como você soube dessa águia?

Minha boca secou. Empaquei. Todos os microfones estavam virados para mim. Com o canto do olho, vi uma picape entrar no estacionamento cantando pneu. Vi Rob, Euan e Hamish correndo na minha direção. Tudo parecia acontecer em câmera lenta.

— Essa águia-pescadora — disse a moça sorridente. — Você a encontrou aqui, neste vale?

Abri a boca para falar quando Hamish passou o braço em torno de mim e se enfiou na frente da câmera.

— Não — disse ele. — Callum e os amigos estão seguindo uma das águias da reserva natural onde trabalho. Tivemos um casal com filhotes no verão passado. Como sabem, são aves em risco de extinção. Temos circuito fechado de TV e arame farpado para protegê-las. Se quiserem vir comigo até a reserva, posso mostrar a vocês o ninho agora mesmo.

Caí numa cadeira. Estava exausto. O último carro de reportagem tinha saído do estacionamento atrás de Hamish na viagem de 24 quilômetros até a reserva.

Minha mãe preparou xícaras de chá para todos, e logo quase tivemos uma festa matutina.

O pai de Rob me deu um tapinha nas costas.

— A águia-pescadora da sua fazenda é segredo nosso também. Todos nos unimos em casos assim.

— Como todo mundo soube? — perguntei.

— Ninguém sabia até hoje — disse o pai de Rob. Mas o Sr. McNair viu os jornalistas chegarem de manhã cedo. Viu um repórter ir na direção do lago e adivinhou que o ninho da águia ficava lá em cima. Ele falou com a Sra. Beatty na agência do correio, e ela contou a todo mundo. Por isso todos viemos para cá, para impedir que os repórteres fossem espionar sua fazenda. Dissemos a eles que você estava aqui conosco.

— Foi por pouco — disse Rob.

Euan estava pálido.

— Quase não conseguimos.

— Como ele sabia? — perguntei. — Como o Sr. McNair sabia das águias na nossa fazenda?

Minha mãe me serviu uma xícara de chá e se sentou.

— Ele achou uma caixa com coisas de Iona, os desenhos e pinturas dela. Também se lembrou de que o pai dele tinha lhe contado que antigamente havia águias-pescadoras no vale. Acho que ele somou dois mais dois.

A mãe de Rob chegou ao salão com bacon e ovos.

— Achei melhor lhes preparar o café da manhã — disse ela. — Vocês já estão atrasados para a escola mesmo. Meia hora a mais não vai fazer tanta diferença assim.

Estávamos acabando de comer o bacon e os ovos quando um carro chegou ao salão. O repórter alto que eu encontrara antes entrou.

Minha mãe começou a tirar da mesa as garrafas de ketchup e molho escuro.

— Acho que agora todos precisam ir para a escola — disse ela.

O homem puxou o celular e verificou as mensagens.

— Só preciso conferir algumas coisas com Callum. É só isso.

— Bem, ele não pode demorar, por isso seja rápido. — Minha mãe vestiu o casaco e pegou a bolsa.

O homem lhe sorriu.

— Só preciso conferir o número da conta de Jeneba. A redação já recebeu doações para o tratamento dela no Reino Unido.

Minha mãe caiu sentada, segurando a bolsa.

— De quanto dinheiro estamos falando?

O repórter verificou as mensagens outra vez.

— Bem, faz apenas uma hora que o noticiário foi ao ar, mas já há doações na faixa das 10 mil libras.

Quase engasguei com o bacon.

— Dez mil?

— É — disse o repórter. Ele verificou de novo. — Ah, e há um cirurgião ortopédico de Londres que adora pássaros. Ele se ofereceu para fazer a cirurgia de graça.

Capítulo 38

Chegou mais dinheiro no resto do dia e nos dias seguintes. Gente do mundo inteiro doou dinheiro, do Canadá, do Japão, da França e dos Estados Unidos. Um dos jornais pagou alguém para cuidar da arrecadação e para organizar a viagem de Jeneba para cá.

Tudo aconteceu muito depressa. Saiu das nossas mãos, do nosso controle. Houve fotos de Jeneba no hospital gambiano, fotos da aldeia e do rio. Minhas palavras e a histó ria foram mudadas em reportagens de revistas e jornais. De repente, Jeneba era amiga de todo mundo, propriedade de todo mundo. Fiquei feliz por ela. Mas senti que a perdera. Ela não tinha respondido aos meus e-mails. Eu precisava descobrir pelos jornais o que estava acontecendo.

— Tenha paciência — disse minha mãe. — É provável que ela também se sinta assim. De repente, todo mundo manda na vida dela. Jeneba está doente, não se esqueça.

Esperei, e não precisava ter me preocupado. Jeneba mandou um e-mail:

De: Jeneba Kah
Enviada: 1º de dezembro 13:30
Assunto: Voando como Íris

Oi, Callum,
Sinto muito não ter escrito. A infecção na perna levou muito tempo para melhorar. Mas agora estou bem para viajar. Quando o Dr. Jawara me disse que eu ia à Grã-Bretanha para tratar a perna, mal pude acreditar. Nem sei como agradecer à sua aldeia por me ajudar. Fico pensando que talvez o marabuto tenha errado desta vez. Talvez o sonho em que eu andava pelo oceano de nuvens não se realize. Talvez eu volte mesmo a andar.

Tem havido montes de jornalistas aqui também. Mama Binta diz que são piores que as cabras da aldeia, que entram no hospital quando querem. São engraçados. Trazem livros, canetas e brinquedos para nós.

Tudo aconteceu tão depressa. Amanhã embarco no avião para Londres. Estou muito empolgada. Na aldeia, nunca ninguém andou de avião. Preciso que uma enfermeira viaje comigo, então Mama Binta também vai. O Dr. Jawara disse que está com pena de todos os médicos britânicos! Acho que Mama Binta escutou, porque o Dr. Jawara passou o dia todo se escondendo dela.

Amanhã também é um dia triste porque Max vai voltar para os Estados Unidos. Vamos dar uma festa para ele hoje. Max me deu seus livros de medicina. Disse que vou precisar quando for médica. E um dia vou ser médica, Callum, vou sim. O dinheiro que você conseguiu é suficiente para eu estudar e depois ir para a faculdade. Nunca vi Mama Binta dar um sorriso tão grande como na hora em que ela soube. Mama Binta diz que sempre quis ser médica. Acho que ela também seria a melhor médica de todas.

Talvez eu consiga visitar você na Escócia. É muito longe de Londres? Adoraria ver as montanhas e os rios das suas fotos. Espero também ver Íris de novo um dia.

Sua amiga,
Jeneba.

Capítulo 39

Os meses seguintes passaram muito depressa. No Natal, os moradores da aldeia mandaram roupas e livros para Mama Binta e Jeneba. Mama Binta nos telefonou para dizer que Jeneba estava bem, mas já fizera quatro cirurgias na perna e estava muito cansada o tempo todo. Mandei um cartão de Natal e uma carta, mas só no Ano-Novo recebi dela uma carta como resposta.

4 de janeiro.

Feliz Ano-Novo, Callum.

Estou escrevendo no leito do hospital. Não tenho computador e não posso mandar e-mail pra você, mas talvez quando eu ficar mais forte

Mama Binta me leve à lan house na rua debaixo da minha janela.

Por favor, agradeça aos moradores da sua aldeia pelos lindos presentes. Mama Binta ficou felicíssima com o casaco que você mandou. Ela acha a Inglaterra muito fria. Estava usando os três suéteres todos ao mesmo tempo!!!

Tivemos uma enorme surpresa no Ano-Novo. Max veio nos visitar. Está hospedado na casa de amigos, em Londres. Ele diz que a Escócia é o melhor lugar do mundo no Ano-Novo. Tentou nos ensinar uma música chamada "Auld Lang Syne", mas ele só sabia o primeiro verso. Isso não impediu que ele pusesse todos os médicos e enfermeiras para cantar e dançar junto. Até Mama Binta participou, e eu nem sabia que ela dançava.

As ruas aqui são muito bonitas, com luzes fortes. Há até uma rena que pisca na loja diante do meu quarto. Mama Binta diz que não sabe se é dia ou noite em Londres. Ela sente saudades do céu escuro lá de casa.

Hoje vi a neve. Uma das enfermeiras me levou lá fora, na rua. Vi a neve cair do céu e tentei pegar um pouco com a mão. Fiquei toda coberta de grandes flocos brancos. Eles pousaram no meu cabelo, no meu rosto, nas minhas roupas.

De perto, parecem estrelinhas, milhões e milhões delas. A enfermeira me falou que nenhum floco de neve é igual ao outro. Disse que todos são diferentes, todos são especiais.

Há neve na Escócia?

Espero um dia ir aí visitar você.

Sua amiga,
Jeneba.

Na Escócia só nevou de verdade no final de fevereiro. E quando veio, a neve foi densa e alta. A fazenda, os morros, a aldeia ficaram todos brancos. As aulas foram suspensas durante quase uma semana, e Rob, Euan e eu passamos a maior parte do tempo descendo de tobogã os morros atrás da aldeia.

Conferimos todos os dias a posição de Íris na Gâmbia. Ainda estava no mesmo riacho onde passara semanas. Então, no meio de março, quando quase toda a neve já derretera nos morros, deixando apenas sujas manchas cinzentas nas depressões mais fundas, o sinal de Íris mudou. Ela saiu da Gâmbia e voou para o norte, pela costa do Senegal.

Depois de todos aqueles meses na África, ela estava a caminho, voltando para cá.

Para a Escócia.

Aproveitávamos todas as oportunidades para seguir sua viagem. Ficávamos na sala de informática da escola na maioria dos recreios e intervalos, até que a Sra. Wicklow descobriu. Mal acreditamos quando ela nos perguntou se podia pôr a viagem de Íris no quadro branco, para a turma toda acompanhar também. Ela terminava a aula meia hora mais cedo para olharmos fotos do amanhecer no deserto, de pastores berberes no alto dos montes Atlas, bandos de pássaros na planície de lama dos estuários e gado pastando em planícies verdejantes.

Hamish também acompanhava a viagem de Íris. Certo dia, eu me encontrei com ele depois da escola para verificar o ninho no lago. O céu estava nublado e imóvel. Leves fiapos de névoa se agarravam ao alto dos pinheiros, e os carvalhos e cerejeiras-bravas estavam sem folhas, aguardando a primavera.

— Íris saiu da Espanha — falei. — Está voando para o norte em linha reta, cruzando a baía de Biscaia.

Hamish fez que sim.

— Fiquei espantado porque ela está sobrevoando o mar. As águias-pescadoras costumam vir pela França para descansar pelo caminho. Acho que ela está com pressa de voltar ao ninho.

— Será que vai dar certo? — perguntei.

— Outras aves já seguiram essa rota. — Ele parou ao lado do lago e puxou o binóculo. — Talvez ela esteja aqui ainda esta semana — comentou.

— Em que dia acha que ela vai chegar? — continuei.

Mas Hamish não estava escutando. O binóculo estava fixado no grupo de pinheiros da ilha rochosa, e ele tinha no rosto um grande sorriso.

— O que é? — perguntei.

— Pegue — disse ele, me passando o binóculo e apontando para o outro lado do lago. — Dê uma olhada nisso.

Capítulo 40

Eu mal podia esperar para contar a Jeneba o que Hamish e eu tínhamos visto no lago, e no dia seguinte tive a minha oportunidade. Recebi um e-mail dela:

De: Jeneba
Enviada: 31 de março 20:30 GMT
Assunto: Boas notícias

Oi, Callum,
Os médicos dizem que já estou bastante forte para sair, e Mama Binta empurrou minha cadeira de rodas até a lan house para eu escrever pra você.

Mama Binta e eu vamos à Escócia AMANHÃ! Estou muito empolgada. Foi muito de repente, mas um dos médicos disse que pode nos levar de carro até aí porque vai visitar a família na Escócia durante o fim de semana.

Hoje não vou conseguir dormir. Fico o tempo todo pensando em conhecer você.

Sua amiga,
Jeneba.

— Mãe! — gritei. — Pai! — Desci a escada correndo e pulei os cinco últimos degraus. — Mãe! — Entrei a toda na cozinha, onde meus pais assistiam à TV. — Elas vêm amanhã à noite. Acabei de receber um e-mail.

Minha mãe pulou de pé.

— Amanhã? Tem certeza?

Fiz que sim.

— Meu Deus! — Ela pegou o telefone. — É melhor avisar todo mundo. Precisamos preparar uma festa.

Corri de volta lá para cima para mandar um e-mail a Jeneba. Estava louco de vontade de contar a *minha* notícia a ela:

De: Callum
Enviada: 31 de março 20:44 GMT
Assunto: Íris rapidinha

Oi, Jeneba,
Isso é fantástico. Nem dá para acreditar que amanhã você vai vir pra Escócia. A notícia está correndo a aldeia, e faremos uma grande festa para você e Mama Binta quando chegarem aqui.

Tenho duas boas notícias para você.

O companheiro de Íris voltou! Eu e Hamish o vimos ontem no lago, recolhendo gravetos para o ninho. Onde será que passou o inverno? Talvez também estivesse no seu país. Mas agora está aqui de volta na fazenda, esperando Íris.

E a outra grande notícia é sobre ela. Está quase aqui. Chegou à ponta sudoeste da Irlanda hoje à noite. Voou o caminho todo desde a Espanha sobre o mar. Hamish acha que o vento tirou Íris da rota, porque as águias-pescadoras costumam vir pela França e pelo sul da Inglaterra. Ela deve estar exausta. Voou mais de 1.100 quilômetros sem parar e levou menos de dois dias pra isso!

Calculei que, se ela sair amanhã bem cedinho e voar sem parar como fez antes, pode chegar à nossa fazenda às dez da noite.

É melhor você se apressar. Ela pode até chegar antes de você!

Tomara que amanhã chegue logo.

Callum.

P.S.: Espero que Mama Binta tenha treinado a Dança Escocesa.

CAPÍTULO 41

Na manhã seguinte, saí da cama e verifiquei a posição de Íris. Sorri. Ela estava a caminho.

Tinha saído cedo e voava pelo litoral leste da Irlanda. Corri escada abaixo até a cozinha para contar a meus pais, mas fui detido por Graham no corredor.

— Eu não entraria aí se fosse você — disse Graham. — Mamãe ligou o botão de pânico. Está me mandando ao armazém para trazer uma tonelada de farinha para fazer bolos.

Espiei pela porta.

— Aí está você, Callum — falou minha mãe, irritada. Esfregava loucamente o chão da cozinha. — Espero que seu quarto esteja arrumado, você precisa trocar a roupa de cama e limpar o banheiro, temos de pegar mais cobertores no sótão e... Graham, você ainda não foi?

— Calma, mãe — gritou Graham. — As festas de última hora são sempre as melhores, pode confiar.

— Mas tem toda a comida para pensar... e a música —
disse ela.

Meu pai veio do quintal.

— Está tudo combinado. Todo mundo da aldeia vai trazer comida e bebida. O bar vai ficar aberto. Haverá mais do
que suficiente.

— E a namorada de Flint vai trazer o grupo dela —
contou Graham. — Terá dança escocesa e tudo. Até o pai de
Euan vai tocar gaita de foles para recebê-las.

— Mas... — disse minha mãe.

— Confie em nós — sorriu meu pai. — Vai dar tudo
certo.

Ficamos ocupados o dia inteiro. Rob, Euan e eu ajudamos
meu pai a preparar o salão da aldeia para a festa. Arruma-
mos mesas e cadeiras, penduramos bandeirinhas no teto e
decoramos o palco. À tarde, chegou mais gente para ajudar e
trazer comida. O pai de Euan ficou estudando gaita de foles,
e logo já acontecia uma baita festa. Rob inventou um jogo
de futebol entre pais e filhos, e até a Sra. Wicklow foi jogar.

Quando estava tudo pronto, eu e meu pai voltamos para
casa para trocar de roupa para a festa.

— Vocês não têm muito tempo — disse minha mãe,
quando entramos. — Acabei de receber um telefonema. Jeneba e Mama Binta fizeram uma viagem rápida. Vão chegar
daqui a uma hora.

Corri escada acima. De repente, fiquei nervosíssimo. Nunca vira Jeneba cara a cara. E se ela não gostasse de mim?
E se, depois de toda a empolgação, nossa aldeia fosse uma
enorme decepção para ela?

Troquei de roupa e desci para a cozinha, onde meu pai assistia ao noticiário das seis. Estava de jeans e camisa de xadrez azul e penteava o cabelo na frente da televisão.

— Vamos — apressou minha mãe. — Hamish vai nos dar carona. Já estou vendo o carro dele subindo o caminho.

— Só quero ver a previsão do tempo — avisou meu pai.

Sentei-me ao lado dele, balançando os pés debaixo da mesa. Não conseguia ficar parado.

O homem do tempo apareceu, em pé na frente de um mapa da Grã-Bretanha, passando a mão pela Escócia.

— *O norte da Escócia terá um período de tempo firme nos próximos dias* — disse ele. — *Mas não posso dizer o mesmo para o sul e o oeste da Inglaterra. Há alerta de temporais no canal de Bristol e no mar da Irlanda. Basta olhar essas isóbaras juntinhas. Com elas, podemos esperar ventania.*

Fitei o mapa. Era em tempo real. Uma tempestade passava agora pelo mar da Irlanda. Íris estava lá, naquele vento, naquela tempestade.

Corri para meu quarto e liguei o computador. Talvez ela tivesse passado antes da tempestade. Talvez já estivesse abrigada em algum lugar em terra.

Meu coração pulava no peito.

O computador se acendeu.

— Vamos — falei. — Vamos.

Mas não havia sinal.

Nenhum.

Era como se ela tivesse sumido da face da Terra.

Tentei não pensar na tempestade, mas só conseguia ver e escutar o grito do vento e o mar alto e montanhoso.

Íris sentiu a tempestade muito antes de as nuvens escuras se acumularem e se formarem acima dela. Inclinou-se e se afastou dos fios enrolados do vento, voando depressa e com força. Mas a tempestade foi ainda mais rápida. Veio cortando o mar, agitando-o em ondas verde-acinzentadas, com picos brancos de espuma.

A ventania golpeou Íris. Respingos de sal obstruíram as penas de voo esfiapadas. O ar e o mar estavam brancos de tanta espuma, que grudava na fronte e se enfiava até o fundo das camadas macias de plumas. Ela se sentiu pesada, cheia d'água. Voava para continuar viva.

As ondas subiam e formavam picos debaixo dela numa mancha de espuma riscada de branco. Uma onda se ergueu ao lado dela, mais alta que as outras. Mais e mais alta, o pico se enrolou e despencou, envolvendo Íris, fechando-a num tubo de brancura trovejante. A ponta das asas passou pela parede de espuma, que despencou sobre ela, empurrando-a para o mar. Ela girou mais e mais. A água salgada entrou em seu bico e suas narinas.

Ela subiu à superfície e sacudiu a água da cabeça. As correias que os humanos tinham amarrado nela flutuavam soltas à sua volta. Ela se agarrou a elas, empur-

rando-as para baixo, mais para o fundo d'água. Íris se jogou para cima quando outro vagalhão se curvou sobre ela. As patas ainda estavam sob a superfície quando a onda despencou em sua direção, numa massa agitada de respingos e espuma.

Capítulo 42

— Nós perdemos Íris — disse a Hamish quando ele entrou na cozinha. — Não tem sinal.

— Sei disso — respondeu ele, baixinho. — Também acabei de olhar. — Ele franziu a testa, as ruguinhas se transformando numa dobra profunda. — Esses transmissores são projetados para acabar caindo. Às vezes simplesmente dão defeito e param de funcionar.

— Estava funcionando hoje de manhã — disse eu. — Ela já era, Hamish, já era.

Hamish deu um longo suspiro.

— Só posso dizer o seguinte: não podemos perder a esperança. Ainda não.

Desmoronei na cadeira e balancei a cabeça.

— Ela não conseguiu.

Meu pai me abraçou.

— Vamos — disse ele. — Sei que é um choque, mas precisamos levar você à festa para receber Jeneba.

Assenti e os segui até o Land Rover de Hamish. Os morros e campos passaram num borrão a meu lado, e logo Hamish parou o carro no estacionamento lotado do salão da aldeia.

Minha mãe se virou para trás e apertou minha mão.

— Respire fundo — disse ela, sorrindo. — Faça isso por Jeneba, tudo bem?

Saí do carro.

— Finalmente, Callum! — gritou Rob.

Virei-me e vi Rob e Euan abrindo caminho na minha direção.

— Onde você estava? — perguntou Euan. — Quase chega atrasado.

A voz do pai de Rob berrou acima do barulho. Ele estava em pé na carroceria de sua picape.

— Elas já chegaram — gritou. — Dá para ver, estão subindo a estrada.

De repente, todos se juntaram, crianças e adultos rindo e gritando. Ninguém mandou, mas acabamos formando duas filas compridas ao longo da rua para receber Jeneba e Mama Binta.

O carro passou correndo pela aldeia e foi até o salão. Mama Binta pisou na calçada, enrolada em xales e cobertores. Todo mundo dava vivas e batia palmas, e adivinhei que, provavelmente pela primeira vez na vida, Mama Binta ficou sem fala.

Jeneba acenava loucamente pela janela. Fiquei olhando enquanto minha mãe e Hamish a ajudavam a sair e a punham na cadeira de rodas. Não dava para acreditar que ela estava mesmo ali, na Escócia, na nossa aldeia. De repente, não consegui pensar no que dizer. Recuei para dentro da multidão.

— Callum McGregor? — Mama Binta marchava na minha direção. — Callum McGregor, por que está se escondendo aí? — berrou ela. — Faça o favor de vir agora mesmo para cá!

Fui empurrado pela multidão na direção de Jeneba e Mama Binta. Jeneba sorria, e Mama Binta me abraçou com tanta força que quase me esmagou.

— Ora, ora, Callum — disse ela. — Eu esperava este dia há *muito, muito* tempo.

Todo mundo dava vivas e batia palmas de novo.

Empurrei a cadeira de rodas, e Jeneba e eu entramos no salão na frente de todos.

CAPÍTULO 43

Graham tinha razão. Foi uma festa ótima. A namorada de Flint fez todo mundo encontrar um parceiro e começou a chamar os pares para dançar. Mama Binta saiu volteando de braço dado com Hamish. Rob e Euan e algumas garotas da escola dançaram com Jeneba na cadeira de rodas. Houve música e todos comeram, beberam e dançaram até tarde da noite.

A única pessoa que não estava lá era o Sr. McNair. Minha mãe tinha oferecido uma carona, mas ele não foi. Disse a ela que desistira de dançar havia muito tempo.

— Sinto muitíssimo por Íris — lamentou Jeneba. — Hamish me contou.

Ficamos sentados lado a lado nos fundos do salão enquanto os músicos faziam os dançarinos irem cada vez mais rápido.

— Queria tanto ver Íris — disse eu.

Jeneba concordou.

— Fiquei olhando o céu o dia todo. Queria ver Íris vindo pra cá — continuou ela.

Olhei na direção de Jeneba. Espantava-me que ela fosse de verdade, não apenas um nome no final de um e-mail. Estava mesmo ali, bem agora, depois de tudo o que tinha acontecido.

— Estou contente por você estar aqui — comentei.

Jeneba sorriu para mim. Ela estendeu a mão e apertou a minha com força.

— Eu também.

Meu pai despencou numa cadeira ao nosso lado. O suor escorria pelo rosto dele.

— Mama Binta, quando dança, dança mesmo — disse ele. Olhamos e vimos outra pessoa pegar Mama Binta pelo braço e levá-la pelo salão. — Vocês dois parecem cansados — confirmou. — Já passa da meia-noite. Vamos, vocês dois, vamos para casa. Tenho mesmo de olhar as ovelhas.

Hamish nos levou para casa. Ficamos aconchegados sob os casacos no ar gelado da noite. As montanhas eram de um azul bem escuro contra o céu da meia-noite. Um véu tênue de névoa circundava a lua como um halo.

— Entrem e preparem um chocolate quente para vocês — sugeriu meu pai. — Não demoro com as ovelhas.

Hamish ajudou Jeneba a descer do Land Rover. Ela ajeitou as muletas debaixo do braço.

— Olhe — disse Jeneba. — Os médicos dizem que agora posso tentar andar um pouco de muleta.

— Isso é maravilhoso — comentou Hamish, sorrindo. Ele a ajudou a cruzar o terreno pedregoso até a porta da cozinha.

— Hamish? — chamei.

Ele se virou para me olhar.

— Pode nos levar até o alto do morro amanhã de manhã? — perguntei. — Prometi mostrar o ninho a Jeneba.

Hamish concordou.

— Amanhã preciso trabalhar, então vai ter de ser bem cedo.

— Vamos estar prontos — prometi.

Segui Jeneba devagar até dentro da cozinha.

— Quer um chocolate quente? — perguntei.

Jeneba aceitou.

— Adoro chocolate quente. Tomo o tempo todo no hospital.

Ela se sentou à mesa enquanto eu fervia o leite e misturava o chocolate em pó. Parecia cansada, a cabeça apoiada nas mãos, os olhos semifechados. Eu também estava cansado. Fora um dia longo.

— Pronto — disse. Empurrei para o lado a pilha de roupa limpa da minha mãe e o jornal do meu pai e pus o chocolate fumegante diante dela.

Sentei e envolvi a caneca com as mãos, deixando o calor passar por mim. Estava tão cansado que tive vontade de ficar assim, só fitando o vapor. Observei-o subir lentamente em espiral e fiquei pensando em Íris voando bem alto no céu.

O fio de vapor estendeu as asas emplumadas e voou em círculos preguiçosos no ar. Subiu cada vez mais alto e alisou meu rosto com a ponta das asas. Girou por cima do jornal e das camisas passadas sobre a mesa da cozinha. Elevou-se acima das montanhas brancas abotoadas e dos vales cheios de palavras. Deslizou de novo na minha direção. Quis segurá-lo nas mãos, segurá-lo e guardá-lo para sempre. Estendi os dedos, mas ele escapuliu entre eles, dissolvendo-se em linhas tênues, e sumiu.

Jeneba me olhava, sorrindo.

— Sabe — falou ela —, talvez você seja como o marabuto. Talvez o espírito das aves também voe até você.

Capítulo 44

Acordei bem cedo no dia seguinte. Levantei da cama e espiei pela janela. A neblina nos engolira durante a noite. Não conseguia ver nada lá fora, só uma brancura brilhante. A casa estava estranhamente quieta e parada. Enfiei o suéter e o jeans e desci para a cozinha.

Minha mãe preparava o café da manhã, e meu pai estava sentado numa cadeira, com a cabeça nas mãos.

— Não posso fazer festa como antigamente — gemeu.

Minha mãe piscou para mim e pôs um prato de salsicha e bolinhos de batata diante dele.

— Ponha isto para dentro — disse ela.

Ouvimos passos no quintal lá fora, e Graham entrou pela porta.

— Psiu! — sussurrou minha mãe. — Jeneba e Mama Binta ainda estão dormindo.

Graham sentou-se ao lado do meu pai.

— Não dá para ver um palmo na frente do nariz com este nevoeiro. — Ele estendeu a mão e pegou uma salsicha no prato do meu pai. — Não posso deixar comida boa estragar — falou, enfiando-a na boca.

— Aí estão elas — disse minha mãe.

Virei-me e vi Mama Binta ajudando Jeneba a cruzar a porta. Minha mãe puxou uma cadeira com almofada macia e ajudou Jeneba a se sentar.

Jeneba vestia uns dez suéteres, uma jaqueta acolchoada, duas calças grossas, meias de lã e um velho gorro azul com pompom.

— O que acha, Callum? — perguntou ela. — Estou pronta para as montanhas?

Ri.

— Acho que assim você pode acampar no Everest.

Mama Binta puxou o xale em torno dos ombros e se inclinou para o calor do fogão.

— Vocês não vão me ver em nenhuma montanha — disse, tremendo. — Lá é como morar numa enorme geladeira.

— Não adianta ir ao lago antes do almoço — avisou meu pai. — Depois, o nevoeiro deve limpar.

— Mas, pai... — reclamei. — Assim não teremos muito tempo. A mãe e o pai de Rob vão levar Jeneba hoje à tarde para ver a fiação, e além disso... — Fui interrompido por um motor abafado que chegou ao quintal e faróis cercados pela névoa. — Hamish já chegou.

Hamish bateu à porta e entrou na cozinha.

— Bom dia a todos — disse, sorrindo. Virou-se para mim e Jeneba. — Estão prontos para dar uma olhada no ninho? — Ambos concordamos. — Então vamos, mocinha

— brincou Hamish, e estendeu as mãos para ela. — Vou levar você para o Land Rover.

— Mas eles ainda nem comeram — disse minha mãe.

— Comemos depois — gritei. — Preciso buscar uma coisa. — Corri até meu quarto para procurar o binóculo. Eu não o usava desde o ano anterior. Peguei-o no alto do guarda-roupa e voltei à cozinha.

— Você não vai ver muita coisa com ele — avisou meu pai, enquanto eu saía pela porta.

O nevoeiro se apertou contra mim, úmido e pesado, enquanto eu atravessava o quintal.

Jeneba já estava no banco da frente. Abri a porta e embarquei ao lado dela, as muletas entre nós. Hamish ligou o motor do Land Rover e saiu do quintal, subindo pela trilha do campo na direção do lago. As ovelhas assomaram na névoa e nos fitaram quando passamos. Hamish tentou acender o farol alto, mas o brilho se refletiu contra nós. A trilha fez a curva do morro e começou a subir acentuadamente.

— Acho que perdemos a trilha do lago — disse eu.

Hamish espiou a neblina.

— Tem certeza?

Olhei em volta, mas só havia brancura. Nenhum marco, nada.

— Acho que sim — respondi. — Não devíamos estar subindo tanto.

O Land Rover derrapou na trilha enlameada.

— Ainda não posso dar meia-volta — murmurou Hamish. — Vamos em frente. Se eu parar agora, podemos ficar presos.

Ele avançou devagar, com solavancos nas pedras e rochas. Jeneba pôs as mãos no painel para se firmar. Abaixo da minha janela, a borda da trilha despencava nas espirais de névoa.

— Pelo menos já posso dizer que estive nas montanhas — comentou Jeneba —, mesmo que não dê para ver.

— Parece um pouco mais claro na frente — disse Hamish.

O chão estava mais plano e coberto de capim alto. Estava mais claro e nítido em volta. A cor voltara a se esgueirar no mundo. O contorno do sol alaranjado perfurou o nevoeiro lá em cima. Hamish fez o Land Rover avançar lentamente pela brancura que se atenuava rumo ao sol forte e ao céu azulíssimo.

Desligou o motor e ficamos sentados em silêncio, olhando ao redor.

Hamish assoviou baixinho.

— Não se vê uma coisa destas todo dia.

O pico das montanhas saía acima dos vales cobertos de névoa. Subiam como ilhas acima de um mar de nuvens brancas.

— Por favor, me ajude a descer — pediu Jeneba. Ela estava em silêncio, a testa franzida de leve. — Quero andar — disse ela.

Hamish a ajudou a descer do Land Rover. Passei as muletas, mas ela fez que não.

— Preciso fazer isto sozinha.

Ela abriu os braços para se firmar. E, devagar, deu os primeiros passos, um pé na frente do outro.

— Você está andando! — gritei. — Você está andando de verdade!

Ela parou, virou-se para mim e deu um sorriso enorme.

— Olhe, Callum — disse. — O marabuto estava certo.

Jeneba andou até mim pela urze coberta de névoa. A névoa se enrolou em seus pés como ondas.

Ela andava acima do mundo por um oceano de nuvens brilhantes.

— Consigo ver quilômetros e quilômetros — disse ela. — As montanhas não acabam nunca.

— Experimente isto — sugeri. Tirei o binóculo do estojo. Um medalhão de ouro caiu na minha mão. Era o porta-retrato de Iona. Estava aberto na minha palma, o rosto de Iona sorrindo para mim.

E, de repente, era como se Iona estivesse conosco ali na montanha. Era como se sempre tivesse estado ali. Fechei os dedos em torno do medalhão e o segurei. Meus olhos arderam em lágrimas que queriam sair.

— Tome — disse eu, e pus o medalhão na mão de Jeneba. — Minha amiga gostaria que você ficasse com isto.

Virei-me e apertei os olhos, mas as lágrimas correram assim mesmo.

Prometera a Iona que cuidaria de Íris. Tentara ao máximo. Uma vida atrás, Iona e eu tínhamos nos sentado nessa encosta para ver Íris voar sobre o lago e o vale. E agora, eu perdera as duas.

Pulei quando Jeneba pôs a mão no meu ombro.

— Kulanjango... — disse ela.

Virei-me para olhá-la.

— Kulanjango — repetiu Jeneba. — Veja, Callum. Ela está chegando.

Limpei os olhos e fitei entre as lágrimas borradas. E lá, acima do mar de nuvens brancas, voava um pássaro, as grandes asas abertas. Assomava lá em cima, o chamado agudo perfurando o céu azul.

Um grito de resposta veio da névoa no vale lá embaixo.

— Águia-pescadora — sussurrei.

Ela se inclinou e voou para mais perto, acima de nossas cabeças. Deu para ouvir o ar passando pela ponta das asas. Eu sabia que era Íris, simplesmente sabia.

— Ela voltou! — gritei. — Ela voltou!

Corri pelo chão debaixo dela, os pés voando pelo capim.

Abri bem os braços como asas de ave e corri atrás dela, na sua sombra.

Ela se virou no voo e chamou de novo: "Quii... quii... quii..."

E naquele momento único, breve e espantoso, seus brilhantes olhos amarelos de girassol olharam bem dentro dos meus.

AGRADECIMENTOS

Obrigada a meus colegas de mestrado e à equipe da Universidade Bath Spa, principalmente a Julia Green pelo entusiasmo incansável pelo curso. Devo muito a Nicola Davies pela percepção e pelo estímulo enquanto eu escrevia este livro; sem a sua ajuda, as páginas seriam invadidas por ovelhas. Um agradecimento enorme à minha agente Victoria Birkett, a Liz Cross e à equipe da OUP, e a Mark Owen, que criou este livro a partir do meu manuscrito. Finalmente, um agradecimento especial a mamãe e papai, por permanecerem como cozinheira-chefe e jardineiro-chefe; aos meus filhos, por percorrerem a pé montanhas lavadas de chuva em busca de águias-pescadoras; e a Roger, por me dizer para nunca desistir.

Boa parte da minha pesquisa sobre águias-pescadores veio da Highland Foundation for Wildlife (roydennis.org.uk), da RSPB (www.rspb.org.uk) e do Scottish Wildlife Trust (www.swt.org.uk). Minha inspiração para a parte gambiana desta história veio de uma visita ao site do Bansang Hospital Appeal (www.bansanghospitalappeal.com). É à dedicação de indivíduos de instituições como essa que devo esta história, por terem a paixão e a coragem de fazer a diferença.

Este livro foi composto na tipologia Adobe Caslon Pro,
em corpo 11,5/15,3, e impresso em papel off-white,
no Sistema Cameron da Divisão Gráfica
da Distribuidora Record.